面向 21 世纪高等学校计算机基础课程规划教材

大学计算机基础实践教程

吴 昊　熊李艳　主　编

杜玲玲　范　萍　副主编

中国铁道出版社

CHINA RAILWAY PUBLISHING HOUSE

内 容 简 介

　　本书作为《大学计算机基础》的辅助教材，书中提供了大量实验示例及实验题目和习题供读者学习。本书每章分为上机指导和习题两部分，上机指导部分包括每一章的实验目的、知识要点、实验示例和上机实验；习题部分包括每一章的选择题、判断题或填空题，题量丰富。本书可与主教材配套使用，也可单独使用。

　　本书适合作为高校非计算机专业计算机基础课程的实验指导书，也适用于准备参加计算机等级考试的学生、培训学校及计算机爱好者使用。

图书在版编目（CIP）数据

大学计算机基础实践教程 / 吴昊，熊李艳主编. —北京：
中国铁道出版社，2008.8
面向 21 世纪高等学校计算机基础课程规划教材
ISBN 978-7-113-08872-9

Ⅰ.大…　Ⅱ.①吴…②熊…　Ⅲ.电子计算机－高等学校－
教材　Ⅳ.TP3

中国版本图书馆 CIP 数据核字（2008）第 124731 号

书　　名：大学计算机基础实践教程
作　　者：吴　昊　熊李艳　主编

策划编辑：严晓舟　秦绪好
责任编辑：王占清　　　　　　　　编辑部电话：（010）63583215
特邀编辑：薛秋沛
封面设计：付　巍　　　　　　　　封面制作：白　雪
责任校对：王　宏　　　　　　　　责任印制：李　佳

出版发行：中国铁道出版社（北京市宣武区右安门西街 8 号　邮政编码：100054）
印　　刷：北京鑫正大印刷有限公司
版　　次：2008 年 8 月第 1 版　　　2008 年 8 月第 1 次印刷
开　　本：787mm×1092mm　1/16　印张：10.25　字数：237 千
印　　数：5 000 册
书　　号：ISBN 978-7-113-08872-9/TP·2883
定　　价：22.00 元

前　言

计算机应用基础是高校非计算机专业学生的必修课程，尽管目前使用的教材很多，但是真正适合教学要求的教材并不多。主要原因是其内容大多比较注重理论的叙述与讲解，没有很好地将计算机实践与能力进行有机的结合；对于实验教材在内容及形式上都像另一本教材，并没有反映出实验教材的特点。多年的教学经验与体会使得我们在总结吸取现有教材成功经验的基础上，根据多年的教学，编写出版了本套适合于各类高校非计算机专业的计算机基础课程教材。主要特点是：

① 吸取最新的计算机技术，力求反映当前计算机基础教育的教学要求，提供大量丰富的实例，操作步骤讲述详细，叙述简洁明了，注重对具体技能的讲授和训练，使得学生在学习过程中能同步进行实际技能的训练。

② 主教材与实验教材相互配合，在主教材中注重理论问题的讲授，在实验教材中突出应用，强调实践环节的训练与培养。

③ 既可以方便老师的课堂讲授，同时也注重学生无辅导环境下的自学。

④ 突出实用，加强实践环节，提供了大量的演示示例及训练题目，同时为了满足参加计算机等级考试的学生的要求，还设计提供了大量的题目，以提供训练。

本教材是《大学计算机基础》的实践教程，由长期在教学一线的具有丰富教学经验和教学水平的多位老师参与编写。吴昊、熊李艳担任主编，杜玲玲、范萍担任副主编。熊李艳、吴昊、杜玲玲、范萍亲自具体编写。同时，周美玲、雷莉霞、黎海生、刘媛媛、张帮明、张年、丁琼、喻佳、李明翠、叶云青、俞之杭、钟小妹、王益云、陈丹、周庆忠、刘建辉、宋岚、李黎青等老师多次对教材的编写工作提出了许多有益的建议；还得到了刘觉夫、王益云等以及相关教研室同仁的大力帮助，在此特别对他们表示由衷的感谢。

本书适合作为各类高校非计算机专业计算机基础课程的上机指导教材，同时也适合于各类培训学校、自学者作为学习用书。

由于作者水平有限，书中不妥之处在所难免，谨请读者批评指正。

编　者

2008 年 6 月

目　录

第 **1** 章

计算机基础知识

第一部分 上 机 指 导

实验一 键盘指法练习

一、实验目的

① 了解键盘布局。

② 了解键盘各部分的组成及各个键的功能和使用方法。

③ 掌握正确的键盘指法。

二、知识要点

1. 常用键盘布局

操作计算机最基本的方式就是使用键盘。现在流行使用的微型计算机配置的键盘是在原有的83 键键盘的基础上扩充形成的 101 键或 102 键的键盘，键盘按键位和功能可分为四部分，即主键盘区、功能键区、编辑键区和小键盘区，如图 1-1 所示。

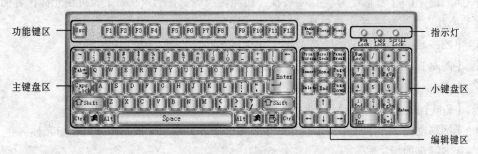

图 1-1 键盘

2. 键盘的组成

（1）主键盘区

① 字母键：键位安排与流行的英文打字机字母键安排相同，键面印有大写英文字母。

② 数字键：位于字母键上面一排，包括一些常用的符号键。

③ 上挡选择键【Shift】：下面数第二排左右各有一个，功能相同，可任选一个使用。该键有两个功能：

- 当需要输入双字符键的上挡符号时，按住【Shift】键，同时按该双字符键。例如，单独按【3】键时，则输入的是符号"3"；而按住【Shift】键，同时按住【3】键时，则输入的是符号"#"。
- 输入英文字符时，若临时需要转换大小写，可同时按【Shift】键及字母键。

④ 大小写字母锁定键【Caps Lock】：该键用于转换大小写字母键锁定状态。计算机启动后，键盘自动设为小写字母状态；按下该键后，则转换为大写字母状态；再按下则又恢复到小写字母状态。

⑤ 回车键【Enter】：该键在进行文字输入或屏幕编辑时作为换行键，使光标移到下行首。在 DOS 状态下，是 DOS 命令的结束符。

⑥ 空格键：位于字母键的下方的长条键。键面无符号，用于输入空格，即每按一次使屏幕上的光标右移一个字符的位置。

⑦ 退格键【Back Space】：位于主键盘【Enter】键的上方，每按一次使光标左移一格，同时删除光标左边位置的一个字符。

⑧ 【Esc】键：此键位于键盘上第一排最左侧，常用于取消、退出或返回等。

⑨ 【Ctrl】和【Alt】键：这两种键位于空格键两旁，左右各一个，是控制键，一般不单独使用，常和其他键一起使用。

（2）功能键区

键盘最上边一排中的【F1】～【F12】键称为功能键。在不同的应用软件中，功能键的定义各不相同。

（3）副键盘区

① 数字锁定键【Num Lock】：该键负责副键盘上的数字等运算符输入状态和光标移动控制状态之间的切换。

② 删除键【Del】：该键用于删除光标所在位置的字符。

③ 插入键【Ins】：该键为"插入/替换"功能转换键。在插入状态下，可在光标位置插入字符；在替换状态下，输入的字符将替换光标所在位置的字符。

④ 【Page Up】键：用于使屏幕向前翻一屏。

⑤ 【Page Down】键：用于使屏幕向后翻一屏。

⑥ 【Home】键：用于使光标移到行首或屏首。

⑦ 【End】键：用于使光标移到行尾或屏尾。

⑧ 光标移动键【↑】、【↓】、【←】、【→】：分别用于向不同方向移动光标。

3. 基本键盘的指法

（1）键盘操作的正确姿势

① 身体保持端正，两脚平放。应将全身重量置于座椅上，坐椅的高度以两手可以平放在桌上为准，桌椅间的距离以手指能轻放在键盘上的几个基本键位为准。

② 两臂自然下垂，两肘轻贴于腋边，肘关节呈直角弯曲。

③ 手指稍斜垂直放于键盘上，击键的力量来自手腕。

④ 屏幕宜放于键盘的正后方，打字文稿放在键盘的左边或右边。力求实现盲打，即打字时双眼不看键盘，而专注于文稿或屏幕。

4. 手指的基本操作

① 打字开始时，两手的食指、中指、无名指和小指稍微弯曲，轻放于 8 个基本键上，两拇指轻放于空格键上。基本键位如图 1-2 所示。

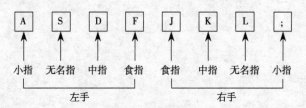

图 1-2　基本键位

② 手腕抬起与小臂举齐，手指自然弯曲，略呈垂直状。

③ 击键要快速，但不要过分用力。

④ 每击完一键后，手指要立即恢复原位，即回到基本字符上，仍然保持弯曲状。

⑤ 手指击键时，8 个手指都有明确的分工，应按如图 1-3 所示的各手指的分工操作。两手的拇指专门负责击空格键。

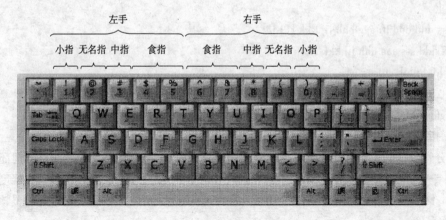

图 1-3　键盘指法分区图

三、实验示例

① 按【Caps Lock】键后输入：ABCDEFGHIJKLMNOPQRSTUVWXYZ。

② 再按【Caps Lock】键后输入：abcdefghijklmnopqrstuvwxyz。

③ 按住【Shift】键输入：~!@#$%^&*()_+|}{":?><。

④ 反复交替按【Shift】键输入：ABcdeFGHijklMNOpqeStUvWxYz。

⑤ 反复交替按【Shift】键输入：`!2#4%6&8(0_=|){";?.<。

四、上机实验

要求：严格按正规指法操作。

要点：坐姿端正，稿件放在键盘左边，眼看稿件，各手指分别击键。击键要迅速、准确、力度适当，尽量从基准键出发击键。

1. 基准键的练习

基准键是手指在键盘上应保持的固定键位，按其他键时，都是根据基准键来定位的，因此只有练习好基准键，录入水平才能逐步提高。

要求：以下每行录入 10 次，录入一行后，检查无误再进行下一行，如有错误再重复该行，直到无误为止。

asdfghjkl;

;lkjhgfdsa

aassddffgghhjjkkll;;

gfdsahkkl;

ghfjdklsa;

;alskdjfhg

;llkjjkl;asdfggfdsa

jjaakkssUdd;;ffhhgg

2. 基准键加空格、换行键练习

要求：以下每行录入 10 次，录入一行后，检查无误再进行下一行，如有错误再重复该行，直到无误为止。

aaa sss ddd ddd fff ggg hhh jjj kkk l1133;

ggg fff ddd sss aaa hhh jjj kkk lllp;;

gfdsa hjkh;lkjh gfdsa

asdf dkhg flksd ggghhk;

;lkjh gfdsa asdfg hkkl;

3. 食指练习

食指分管的键位多，使用频率高，容易出错，因此练习时必须找准键位，每次击键都要从基准键【F】、【J】出发，并且都要回到基准键位。在练习中要逐步体会每个键的动作幅度。

要求：以下每行录入 10 次，录入一行后，检查无误再进行下一行，如有错误再重复该行，直到无误为止。

ujmnhytgbvfrvbnm

rtyujhgfvbnmtgbv

rfvbnmjuyhgtfghj

mnbvvbnmjhgfghju

tgujyhrfmjnhbgvf

rgnthmjyubfvvhiy

ytgbnhurfjmvgynh

uthfmbvngjryrvny

4. 中指练习

中指从基准键【D】、【K】出发，微斜上伸击键，微弯曲向下弹击，逐渐产生键位感。

eeedddccciiikkk,,,

edcik,cde,ki

kdie,cidkeic,e

eI k d k c,kd ie kkkddd,,,ccic

5. 无名指练习

无名指灵活性差，练习时易错位。练习时要与中指击键比较，多加训练，找准键位。

要求：以下每行录入 10 次，录入一行后，检查无误再进行下一行，如有错误再重复该行，直到无误为止。

ww ss xx oo ll..

wo sl x.x.sl ow ls ow .x

oslwxo wlossl wois x.x

os.wlslsowls.xl

6. 小指练习

小指分管的键多。小指灵活性差而且力度较小，击键时容易变形，使得击键准确性差，回归基准键时易出现错误。练习时要注意体会键位感和手指的动作幅度。

要求：以下每行录入 10 次，录入一行后，检查无误再进行下一行，如有错误再重复该行，直到无误为止。

aqz;p/p;/qaz pqza/z

qla p[;'/

qazpz/z/;apq pp qq;paa //zz

QAZ P P QAZZAQ AP[]{}

注意： 使用【Shift】键。

7. 字母键、符号键、空格键与【Enter】键的练习

gfdsahjkl;trewqyuiopbvcxznm,./

asdfghjkl;qwertyuiopzxcvbnm,,./

poiuytrewqplkjgfdsa/.,mnbvcxz

tgbedewsxqazyhnujmik,oL p;/

qazwsxedcrfvtgbyhnujmik,oL pz/

p;/01.ik,ujmyhntgbrfvedcwsxqaz

asdfg hjkl;trewq yuiop bvcxz nmh/ qwert yuiop asdfg hjkl;zxcvb nm,./

zaq xsw cde vfr bgt nhy mju,ki.lo /;p qaz wsx edc rfv tgb yhnujm ik,ol.pu

qwa esz rdx tfc ygvugb ijn okm pl,[;.

8. 数字键的练习

主键盘区的 10 个数字键在英文字母键的上面，其位置与基准键相隔一排，离得较远，练习时要特别注意手指的使用。练习时要和字母键配合练习，以产生键位感。

要求：以下每行录入 10 次，录入一行后，检查无误再进行下一行，如有错误再重复该行，直到无误为止。

```
12345678900987654321
1q2w3ddt6y7118i90Op
1qaz2wsx3edc4rfv5tgb6yhn714m8ik,9ol.Opu
a1s2d3f4g5h6j7k8l9l;O
z1x2c3v4b5n6m7,8.9/0
```

实验二　英文录入练习

一、实验目的

① 正确掌握基准键和其他键的距离、位置。

② 培养敏锐性，提高录入速度。

二、知识要点

① 键盘的键位的分布。

② 键盘输入的基本方法。

③ 键盘常用控制键的功能。

三、实验内容

以下文章要重复录入，每次录入之后，看时间是不是比以前缩短了，对该文每录入一次，都会有心得。大量的练习对字母键指法的掌握大有裨益。

The Games of the 29th Olympiad in 2008 are awarded to the city of Beijing.

The International Olympic Committee selected the Chinese capital as the 2008 host in Friday's vote during Juan Antonio Samaranch's last IOC session as president.The attraction of staging the Games in a country which has the world's largest population, as well as huge economic potential, won the IOC's heart.

Beijing defeated four other bidding cities, including Toronto and Paris, to secure the country's first-ever Olympics. Osaka was the first city to go out, and it only took one more round for Beijing to win the Olympic race.

The announcement, read out by the 81-year-old Samaranch, was answered with wild jubilation from the Chinese delegation in Moscow, and with fireworks in Beijing.IOC senior member Kim Un-Yong said after the voting that Beijing deserved the Olympic Games. "Beijing is capable of staging a great Olympic Games," said the 71-year-old South Korean. "The result wasn't a surprise to me."

With the motto "New Beijing, Great Olympics", Beijing promises to host a "Green Olympics", a "Hi-tech Olympics" and the "People's Olympics". The 3,000-year-old city is becoming a truly international city and showing a new, vigorous image through its ongoing economic reforms.

The government and people of China have always admired the purposes and principles of the Olympic spirit and supported the efforts made by the Olympics in promoting world peace. The Chinese government and people are doing our utmost in preparation for the 2008 Olympics in Beijing. It is our hope to make it a grand gathering that will carry forward the Olympic spirit, promote world peace and enhance the friendship among people of the world, so that the Olympic spirit will flourish once again, this time in China, an oriental country with an ancient civilization.

Chinese people always appreciate the purposes and principles of Olympic ideal, support the efforts of

Olympic Games to promote world peace. The Chinese Government and people are doing our the utmost/best to prepare for the 2008 Olympic Games in Beijing, and shooting at the pageant with advocating Olympic ideal, sparkpluging world peace and enhancing the relationships among the world. Olympic spirit are gonna spread again in orient cultural ancient China.

Beijing enjoys the widest popular support among the five bidding cities. A Gallup opinion poll commissioned by the government showed 94.9 percent of the public in favor of it. The IOC's own surveys found support even higher. The Chinese government has pledged to spend 20 billion U.S. dollars building sports complexes and refurbishing the Beijing infrastructure. There are plans for a new exhibition center with twin skyscrapers that could be taller than any in the world.

实验三　汉字录入练习

一、实验目的

① 掌握一种常用的汉字输入法。

② 掌握各种输入法之间的切换方法。

③ 掌握中英文标点符号的切换及常用中文标点符号的键盘输入法。

二、知识要点

1. 区位码汉字输入法

（1）区位码输入法的添加

各种汉字键盘输入系统一般都支持区位码输入方法。在中文 Windows 2000 下，添加区位码输入法的方法有多种，例如右击任务栏右方系统区的输入法按钮，再选择"属性"→"区域选项"→"输入法区域设置"→"添加"→"中文简体内码"命令，单击"确定"按钮即可添加区位码输入法。

（2）区位码输入法的进入

进入区位码输入法的方法很多，在中文 Windows 2000 下按几

次【Ctrl+Shift】组合键，此时屏幕底边左侧提示行如图 1-4 所示，　图 1-4　"区位码输入法"图标 表示进入区位码输入法。

（3）区位码输入法的使用

国标基本集中的每个汉字或各种中文符号（包括标点）的区位码目前常见的是一个 4 位十进制数的数字。只要输入所需字符的区位码（区码在前、位码在后，每种码 2 位数字，每 4 位数字对应一个汉字或字符），该字符立即显示在光标处，完成输入。例如，序号"（4）"在第 2 区的 4 0 位置上，则区码为 0 2，位码为 4 0，它的区位码就为 0 2 4 0。区位码只能按单字输入不能按词语输入，特点是无重码字，但是难于记忆，所以只偶尔用做辅助输入。

（4）在中文 Windows 2000 下特殊中文标点符号、制表符或汉字的输入

若用 Word 2000 进行文字处理，想得到特殊的中文标点符号、制表符或汉字，可选择"插入"→"符号"→"宋体"命令。

2. 全拼汉字输入法

全拼输入法是所有汉字拼音输入方法中最早出现的，也是最基础的输入方法。目前，汉字操作系统中大多保留了这种输入功能。对于会拼音的人来说，无须另外学习，这是优势。但是，输

入单字时往往重码很多，严重影响输入效率。此外，遇到不认识或读音不准的字时则也较困难，所以此输入法目前只用于辅助输入。

（1）全拼输入法的添加

进入中文 Windows 2000 系统后，按几次【Ctrl+Shift】组合键，此时屏幕底边左侧提示行显示如图 1–5 所示。表示进入"全拼"输入法。

图 1–5　"全拼输入法"图标

（2）全拼音的输入

字或词均须按汉语拼音方案输入汉语拼音。输入全拼后，如自然结束，则不需要按空格键作为结束键（如欲得"面粉"的"面"字，输入 mian 后即可）；如非自然结束（如欲得"大米"的"米"字，输入 mi 后须按下空格键作为结束键。结束键一般为空格键。在结束输入后，应用标准键盘上的数字键选择重码字、词。对最前面的那号字（一般是从 1 开始），也可按空格键来输入。往下（或返回）翻页查找，需要使用向右箭头按钮▶（或向左箭头按钮◀）。

（3）注意事项

① 输入拼音时，必须使用小写英文字母，此时半角状态或全角状态均可。

② 输入拼音中需要使用韵母 ü 时，应用字母 v 代替（如需输入"女"nǚ 时，应输入 nv）。

3．微软拼音汉字输入法

（1）微软拼音概述

微软拼音（MSPY）输入法是一种使用汉语拼音（全拼或双拼）、以整句或词语为单位的汉字输入法。连续输入汉语语句的拼音，系统会自动选出拼音所对应的最可能的汉字，免去逐字逐词进行同音选择的麻烦。还有系统自主学习、用户自造词功能，经过短时间与用户的交互，输入法会适应用户的专业术语和句法习惯，这样就会提高一次输入语句的成功率。此外，还支持南方模糊音输入、不完整（简拼）输入等，以满足不同用户的需求。

（2）微软拼音的进入和退出

① MSPY 的进入。中文 Windows 2000 默认安装了 MSPY 输入法，若需进入 MSPY，启动该操作系统成功后，通常只需按几次【Ctrl+Shift】组合键，此时屏幕底边左侧提示行如图 1–6 所示，表示进入微软拼音 MSPY 输入法。

图 1–6　"微软拼音输入法"图标

当然，也可在屏幕右下角的系统任务栏语言/键盘布局指示器上用鼠标进行选择。

② MSPY 的退出。在 MSPY 的输入状态下，按【Ctrl+Shift】组合键即可退出 MSPY 输入法而切换为其他输入法。在 MSPY 的输入状态下，按【Ctrl+空格键】组合键，可在 MSPY 输入法与英文输入法之间切换。

（3）微软拼音的界面

① MSPY 状态栏。输入法状态栏表示当前的输入状态，可以通过单击它们来切换。其含义如下：

- 中文／英文切换按钮：中表示中文输入，英表示英文输入。
- 全角／半角切换按钮：◢表示半角输入，○表示全角输入。
- 中／英文标点切换按钮：°表示中文标点，·表示英文标点。
- 软键盘开／关切换按钮：▦表示打开或关闭软键盘。

- 简／繁体字输入切换：简表示输入简体字，繁表示输入繁体字。
- 功能设置：表示打开功能选择菜单。
- 帮助开关：表示激活帮助。

② MSPY 的 3 个窗口。MSPY 输入法的输入现场都有 3 个窗口，随光标跟随状态与不跟随状态的不同而不同。一般取光标跟随状态，其窗口的含义是：拼音窗口用于显示和编辑所输入的拼音代码。候选窗口用于提示可能的待选词。组字窗口中包含的是所编辑的语句（表现为被编辑窗口当前插入光标后的一串带下画线的文本）。

光标跟随和不跟随，可根据用户自己的喜好选择。单击输入法状态栏上的功能设置按钮或右击输入法状态栏，从弹出的快捷菜单中选择"光标跟随"或"取消光标跟随"命令。

（4）输入的基本规则

① 中、英文输入方法。MSPY 输入法支持全拼和双拼，而且都支持带调、不带调或二者的混合输入。数字键 1、2、3、4 分别代表拼音的四声，5 代表轻声。输入带调时，应将"逐键提示"功能关闭（带调输入的自动转换准确率将高于不带调的输入）。输入的各汉字拼音之间一般无须用空格隔开，输入法将自动切分相邻汉字的拼音。

当然，对于有些音节歧义的目前系统还不能完全自动识别，此时需用音节切分键（空格键等）来断开。使用的音节切分符有空格、单引号和音调。

例如：有些拼音词组，如 xian，用户希望得到的是"西安"，而输入法可能转换为单字"县"。若使用音节切分符，在 xi 与 an 之间输入空格（xi an），就可得到"西安"。

注意： 在逐键提示时数字键用于从候选窗口中提取候选词，不再表示音调的功能。

单击输入状态栏的中英文切换按钮可以切换中、英文输入状态。在状态栏上的标识图符分别为中和英。默认的快捷键为【Shift】。

② 全角、半角输入。在全角输入模式下，输入的所有符号和数字等均为双字节的汉字符号和数字。而在半角输入模式下，输入的所有符号和数字均为单字节的英文符号和数字。

单击输入状态栏的全角、半角切换按钮可以切换全角、半角输入状态。在状态栏上的标识图符分为和○。默认的快捷键为【Shift+空格】。

③ 中文标点的输入。单击输入状态栏的中、英文标点切换按钮可以切换中、英文标点输入状态。在状态栏上的标识图符分为和。默认的快捷键为【Ctrl+. 】。

④ 繁体汉字输入状态。系统支持大字符集的简体和繁体汉字输入。单击 MSPY 状态栏中的简/繁切换按钮，切换成繁体状态，此时输入句子的汉语拼音，将得到繁体汉字。在状态栏上的标识图符分为简和繁。

⑤ 句子的输入。在完成一个句子的输入之前，对输入的拼音，输入法组字窗口转换出的结果下面有一条虚线，表示当前句子还未经过确认，处于句内编辑状态。此时，可对输入错误、音节转换错误进行修改，待按【Enter】键确认后，才使当前语句进入编辑器的光标位置。

此外，输入"，"、"。"、"；"、"？"和"！"等标点符号后，系统在下一句的第一个声母输入时，会自动确认该标点符号之前的句子。

⑥ 候选窗口操作。候选窗口打开时，有两种操作方法。

- 用鼠标选择：

➤ 选中：单击候选字/词。

➤ 往上或往下翻页：单击▶或◀按钮。

● 用键盘选择：

➤ 选中：用数字键。在非逐键提示状态下，按空格键选中第一个候选词；在逐键提示状态下，按空格键用于完成拼音输入。

➤ 翻页：使用【 - 】、【 ｜ 】键，或按【 Page Up 】键往上翻页；使用【 + 】、【 ｝ 】、或按【 Page Down 】键往下翻页。

⑦ 错字修改。连续输入一串汉语拼音时，MSPY 通过语句的上下文自动选取最优的输出结果。当结果与希望的不同时，可通过输入法提供的候选字／词功能进行修改。也可直接用鼠标或键盘移动光标到错字处，候选窗口自动打开，用鼠标或键盘从中选出正确的字或词。

注意：输入法也定义了标点符号的候选符号，错误的符号也可用同样的方法从候选窗口中得到更正。

⑧ 拼音错误修改。用户可以修改已转换汉字的拼音，当转换的语句还未按【Enter】键确认之前，可用键盘上的【 → 】或【 ← 】键移动光标到拼音有错误的汉字前，按【 ` 】键（在【 Tab 】键的上方），输入法弹出拼音窗口，此时可重新输入汉字的正确拼音。注意，只有在候选窗口激活的情况下【 ` 】键才能用于激活拼音窗口，否则将直接插入字符" ` "。若候选窗口没有弹出，应在待修改文字前按空格键以激活候选窗口。

注意：

● 按【Esc】键可取消拼音窗口、组字窗口、候选窗口。

● 输入拼音中需用到韵母 ü 时，应用 v 代替。

（5）输入法的功能

单击任务栏中的输入法图标，并在打开的快捷菜单中选择"属性"命令，打开"区域选项"对话框，选择"输入法区域设置"选项卡，在"输入语言"下拉列表框中单击"微软拼音输入法"选项，并单击"属性"按钮，在打开的对话框中可以设置全拼或双拼输入、南方模糊音输入、整句或语句输入、自学习或重新学习、用户自造词或消除所有自造词、不完整输入等功能。

① 不完整输入。不完整输入，就是简拼输入。

进入"微软拼音输入法属性"对话框，在"输入设置"中选中"不完整拼音"选项即可。

不完整输入，只需要输入拼音的声母。

② 词语转换方式。MSPY 支持整句转换和词语转换两种方式。在整句转换方式时，输入以句子为单位，即用户可以连续输入一个句子，在确认之前进行错误修改。在词语转换方式下，输入以词语为单位，空格为输入结束符，用户可以逐词确认自己的输入。

词语转换的设置方式与"不完整拼音"方式的设置方式相同，只要在"微软拼音输入法属性"对话框中，在"转换方式"设置中选中"词语"即可。

词语输入规则：

● 连续输入词语的拼音，以空格结束输入，此时组字窗口中的转换结果被高亮显示，候选窗口自动弹出，从首字提示该词语的词音候选。

- 若组字窗口中的转换结果正确，则继续输入下一个词语；若转换结果不正确，则从候选窗口中选择正确的字或词。

注意：在词语转换方式下，若自定义词语是打开的，系统将自动定义输入的词语。

③ 自学习功能。这一功能使得经过用户纠正的错字，在今后使用中可减少错误重现的可能性。

④ 在线用户自造词典。用户对于个人常用而系统里没有的词语，可使用在线用户定义词典功能将其定义到用户词典中。允许定义的词语长度为 2～9 字。

用户定义词典功能的设置同"不完整输入"方式的设置。不选中"用户自造词"复选框，系统不提供该功能。若单击"清除所有自造词"按钮，则系统将删除用户定义的所有词语。添加自造词的操作步骤如下：

a. 在属性设置对话框中激活用户自造词典功能。

b. 在未确认语句之前用鼠标或键盘块选操作将要定义的词语选中。

c. 若块中的词就是希望定义的词，可直接按【Enter】键确认，使其进入用户定义词典；若块中词有错，则按空格键激活候选窗口，修改错字，正确后按【Enter】键确认。若修改完毕后光标已移到选中块的最后，用户定义词将自动进入用户定义词典，不再按【Enter】键确认。

4. 智能 ABC 汉字输入法

（1）智能 ABC 概述

智能 ABC 是一种以拼音为主的智能化键盘输入法。

① 性能特点：

- 界面友好，输入方便。字、词输入一般按全拼、简拼、混拼形式输入，而不需要切换输入方式。对各种数字、符号、外文字母和用户定义的词语也做了常规输入协调的处理。例如，欲得带有中文标点符号的汉字："kexued. "→"科学的。"（"."自动转换成"。"）
  - 中文小写数量词（以 i 开头）：i2000n1y2s5r→二零零零年一月二十五日。
  - 特拼词（自定义词语，输入时以 u 开头）：utv→电视机（事先定义其编码 tv）。
- 提供动态词汇库系统。既有基本词库，还具有自动筛选能力的动态词库、用户定义词汇、设置词频调整等操作，具有智能特色，不断适应用户的需要。

② 功能设置。智能 ABC 功能的设置有多种方法。例如，可在 Windows 2000 中选择"开始"→"设置"→"控制面板"→"区域选项"命令，在打开的对话框中对"智能 ABC"进行设置。

（2）智能 ABC 的进入和退出

① 智能 ABC 的进入。启动 Windows 2000 成功后，按【Ctrl+Shift】组合键，此时屏幕底边左侧提示行显示如图 1-7 所示，表示进入智能 ABC"标准"输入法。

图 1-7　"智能 ABC 输入法"图标

② 智能 ABC 的退出。在智能 ABC 的"标准"输入状态下，按【Ctrl+Shift】组合键可退出智能 ABC 输入法而切换到其他的输入法；按【Ctrl+空格】组合键，可在智能 ABC 输入法与英文输入法之间切换。

（3）智能 ABC 单字、词语输入的基本规则

① 智能 ABC 单字、词的输入。一般按全拼、简拼、混拼，或者笔形元素，或者是拼音与笔

形的各种组合形式输入，而不需要切换输入方式。例如，"长城"一词可分别用全拼 changcheng、简拼 cc 或 chc、混拼（简拼+全拼）ccheng、混拼（全拼+简拼）changch 或者笔形等形式输入。通过输入标点或按空格键结束。单字也可以以"词定字"的方式输入。

- 拼音时需要使用两个特殊的符号：
  - 隔音符号"'"。例如，xian（先）、xi'an（西安）等。
  - ü 的代替见 v。例如，"女"的拼音为 nv。
- 全拼输入：

与书写汉语拼音一样，按词连写，词与词之间用空格或标点隔开。可继续输入，超过系统允许的个数，则响铃警告。

- 简拼输入：

按各个音节的第一个字母输入，对于包含 zh、ch、sh 的音节，也可取前两个字母。例如：

全拼		简拼
jisuanji	→	jsj（计算机）
changcheng	→	cc、cch、chc、chch（长城）

- 混拼输入：

在两个音节以上的一个词中，有的音节全拼，有的音节简拼。例如：

全拼		混拼
jinshajiang	→	jinsj（金沙江）
linian	→	li'n（历年）

② 输入界面和特殊用键：

- 输入结束后在重码字词选择区，每页能给出 5 个词组或 8 个单字（若有的话），可以按【】】或【＋】键往下翻页，按【【】或【－】键往上返回翻页。
- 下面介绍汉字输入过程中的用键定义。
  - 大写键【Caps Lock】：Caps Lock 指示灯亮，输入的是大写字母，此时不能输入中文。只有在小写状态，或按【Shift】键得到大写字母时，才能输入中文。
  - 空格键：结束一次输入过程，同时具有按字或词语实现由拼音到汉字变换的功能。
  - 取消键【Esc】：在各种输入方式下，取消输入过程或者变换结果。
  - 退格键【←】（即【Back Space】）：由右向左逐个删除输入信息或者变换的结果。若输入结束（键入拼音并按下空格键后），未选用显示结果时，按下退格键可删除空格键，起恢复输入现场的作用。
  - 参考结果选择键：数码键 1～8 用于在重码字、数码键 1～5 用于在重码词中进行的第一次选择。

（4）智能 ABC 高频单字（含单音节词）的输入方法

① 23 个高频字的输入。有 25 个单音节词可用"简拼+空格键"输入，分别是：

Q=去	W=我	E=饿	T=他	Y=有	I=一	P=批		
A=啊	S=是	D=的	F=发	G=个	H=和	J=就	K=可	L=了
Z=在	X=小	C=才	B=不	N=年	M=没	ZH=这	SH=上	CH=出

除了"饿"和"啊"外的 23 个字使用极其频繁，应当记住。

②　以词定字输入单字。以词定字的方法是使用【 [】和【] 】两个键。词语拼音+【 [】键取前一个字，词语拼音+【] 】键取后一个字。例如：要得到"键盘"的"键"字，输入"jianpan["，即可得"键"字；要得到"盘"字，输入"jianpan]"，即可得到"盘"字。

（5）智能 ABC 词和词语的输入方法

①　汉字输入应多用词语输入方式。应尽量按词、词组、短语输入，因为一般汉字文本中双音节词就占 66%，故更宜多用双音节词输入。

②　双音节词输入：

- 最常用的词可以简拼输入，这些词有 500 多个。例如：

bj→比较，ds→但是，xd→许多，……

- 一般常用词可采用混拼输入。例如：

jinj→仅仅（混拼），x8s→显示（简拼+1 笔形）

其中：笔形代码按 1 横（提笔）、2 竖、3 撇、4 捺（点）、5 折（竖左弯钩）、6 弯（右弯钩、7 叉（十）、8 方口的形式来定义。

- 普通词应采取全拼输入。例如：

mangmang→茫茫（全拼），maimiao→麦苗（全拼）

③　三音节以上的词语均可用简拼输入

- 常用词语宜用简拼输入。例如：

jsj→计算机，alpkydh→奥林匹克运动会，……

- 个别词语，对其中的一个音节用全拼，以区别同音词。例如：

yjs→研究生，研究室，眼镜蛇，有机酸（简拼，有 4 个同音词）

yjings→眼镜蛇（中间音节全拼）

④　专有名词输入。输入地名和人名时，若将字母大写，则可降低重码率。例如：欲得"陕西"，若输入 sx，则需要翻页 7 页才能得到；若输入 Sx 或 sX，则不翻页就能得到。注意：不论全角或半角，这些大写字母均需先按【 Shift 】（而不是【 Caps Lock 】）键来得到。

（6）智能 ABC 词库里没有的词语的输入方法

①　利用自动记忆（自动分词构词）：

- 自动分词构词的过程。例如，在"标准"方式下，需输入"计算机系统"一词，首先输入该词的拼音：jsjxt，按空格键，结果出现：

计算机 xt 1. 计算机　2. 九十九　3. 脚手架　4. 金沙江……

因为系统中没有"计算机系统"一词，所以先分出"计算机"待选。"计算机"一词在第一位，直接按空格键出现：

计算机 1. 系统　2. 相同　3. 协调　4. 形态　5. 夏天　……

同样也给予选择的机会。此处"系统"一词也在第一位。若按空格键，则分词构词过程完成，一个新的词"计算机系统"被存入计算机系统暂存区，这样，以后只要输入 jsjxt 就可以得到"计算机系统"。

- 回溯——退格键←（即【 Back Space 】键）的作用是：当自动分词结果不理想时，需要用退格键进行干预，使分词达到预期的效果。

退格键的作用是：在转换过程中，它使已经转换的一个音节还原成 ASCII 码字符。若回溯到最后一个字，则转换过程之前的状态（相当于现场恢复）。此时若再按退格键，则在输入信息区一个字符一个字符地删除；若输入区信息被删除完，则删除主屏幕光标处的正文。

② 利用【Enter】键按字构词。如果在输入过程中，按空格键得不到所需的词组时，则应按【Enter】键作为结束键。此时系统将按音节（即单个字）逐个进行转换，这个过程就是有意识地进行造词。这对于记忆人名、地名或用户的专用名词比较有意义。注意：在这个过程中，需要用全拼，避免全用简拼。

在自动分词或有意识的造词过程中，应该区分下列几个键的作用。

- 【Esc】键：删除转换结果或输入信息（一次完成）。
- 【Back Space】键：递减转换音节，改变转换结果（对系统的自动分词加以人工干预）；减到最后一个音节时相当于输入现场的恢复；通常逐个字符地删除输入信息。
- 【Enter】键：进入逐字造词过程（有意识逐字造词）。

这几个键的结合使用会使功能变得更加灵活，可提高输入效率。

自动分词构词或有意识造词都体现了智能 ABC 的自动记忆功能。自动记忆通常用来记忆词库中没有的人名、地名和用户常用的词语等，它的特点是自动进行，或者略加人为干预即可得到。自动记忆的词都是标准拼音词，可以与基本词汇库中的词条一样使用。

自动记忆的限制：词的最大长度是 9 个汉字，词条容量是 17 000 条。

刚刚被记忆的词即可使用，并立即存入用户词库。刚刚被记忆的词具有高于普通词语但是低于最常用词的频度。

③ 词的频度调整及其设置：

- 频度是使用的频繁程度。智能 ABC 标准库中的同音词的词序安排，常使用的在前，不同用户都有个人自己的词频特色。所以智能 ABC 设计了词频调整记忆功能，自动进行，不需要人工干预。
- 词的频度调整的设置。频度调整只要选择"智能 ABC 概述中的功能设置"，Windows 2000下的智能 ABC 功能的设置可在 Windows 2000 中选择"开始"→"设置"→"控制面板"→"区域选项"命令，在打开的对话框中，选择"智能 ABC"选项并单击"属性"按钮，在打开的"智能 ABC 输入法设置"对话框中选择"词频调整"复选框，然后单击"确定"按钮即可。若不需要词频调整，只要不选中"词频调整"复选框，单击"确定"按钮。

（7）智能 ABC 中文标点符号和数量词的输入方法

① 中文标点符号的转换。在"标准"方式下，若标点跟着其他信息一起输入，可自动转换成相应的中文标点；也可独立得到。

注意： 顿号"、"是用与"|"同键帽的"\"得到的。

② 中文数量词的简化输入。规定 i 为输入小写中文数字标记，I 为输入大写中文数字标记，系统还规定数量词输入中字母所表示量的含义，它们是：

G[个]	S[十,拾]	B[百,佰]	Q[千、仟]	W[万]	E[亿]	Z[兆]	D[第]
N[年]	Y[月]	R[日]	H[时]	A[秒]	T[吨]	J[斤]	P[磅]
K[克]	$[元]	F[分]	C[厘]	L[里]	M[米]	I[毫]	U[微]	O[度]

例如：il989n6ys9r　→　一九八九年六月十九日

　　　i3b7s2k　　→　三百七十二克

　　　I8q6b2s$　→　捌仟陆佰贰拾元

注意：$前不需有数字，只要 i 或 I 开头即可。

5. 五笔字型汉字输入法

由王永民主持研究的王码五笔字型输入法，是拼形输入法的一种。优点是无需拼音知识，重码率低，便于盲打，词语量大，可高速输入，尤其适应于专业打字员。

学好"五笔字型"输入汉字的途径是：

- 要敢于记忆新知识。开始时需要有付出必要记忆的勇气。
- 掌握码元键盘分区划位规律，熟记码元表及助记词。
- 进行必要的指法训练，多做常用字码元编码的书面和上机的实际操作练习。

有关五笔字型的基本知识和输入方法可参看有关参考资料。

三、实验内容

输入以下内容：

奥林匹克运动会的起源及变革

奥林匹克运动会古称竞技会，起源于古希腊，因举办地点在奥林匹亚而得名。古代希腊人有爱好运动竞技的传统。古希腊分成许多城邦，为了祭神，各城邦经常举行竞技会，这些竞技会带有浓厚的宗教色彩。竞技会期间实行神圣休战，以便于公民自由往来，为城邦间绵延不绝的战争带来短暂的和平，因而受到普遍欢迎。在诸多竞技会中，规模最大、持续时间最长的是在奥林匹亚举行的祭祀万神之父——宙斯的竞技会，即现今所称的古代奥林匹克运动会。

第一届古代奥运会于公元前 776 年举行。此后每 4 年举办一次，直至公元 393 年，信奉基督教的罗马皇帝狄奥多西一世禁止一切异教活动，宣布废除古奥运会为止，历时 1169 年，共举行 293 届。几十年后，狄奥多西二世烧毁宙斯神殿，后来洪水与地震又将古奥运会遗址湮没地下。18 世纪中叶，经考古学家挖掘，使古奥运会遗址重见天日。随着近代体育的勃兴，人们渴望恢复奥林匹克运动会。1859—1889 年，希腊人曾举办过 4 届奥运会。1888 年法国的 P.de 顾拜旦男爵提出恢复奥运会的建议，并于 1892 年遍访欧洲诸国。经两年奔走、筹措，1894 年 6 月在法国巴黎召开了国际体育会议。6 月 23 日国际奥林匹克委员会成立，此后 6 月 23 日就被称为奥林匹克日。会议还决定 1896 年在希腊雅典举行第一届现代奥林匹克运动会，以后每 4 年举行一次，在世界 5 大洲各大城市轮流举办。运动会如因故不能举行，奥运会的届数仍照算。1894 年 6 月巴黎国际会议上通过了第一部由顾拜旦倡议和制定的奥林匹克章程。它涉及奥林匹克运动的基本宗旨、原则及其他有关事宜。1921 年洛桑奥林匹克会议制定了奥林匹克法，包括奥林匹克运动会宪章、国际奥林匹克委员会章程、奥林匹克运动会竞赛规则及议定书、奥林匹克运动会举行通则和奥林匹克议会规则 5 部分。数十年来，奥林匹克法曾多次修改、补充，但由顾拜旦制定的基本原则和精神未变。随着奥运会的复兴，形成了很多具有象征意义的奥运会传统，如奥林匹克会歌、奥林匹克格言、奥林匹克旗、奥林匹克火焰和火炬。

第二部分 习 题

一、选择题

1. 将十进制数 215 转换成二进制数，其值是（　　　）。
   A. 10000000　　　B. 11010111　　　C. 11101011　　　D. 10000001

2. 数字字符"0"的 ASCII 码的十进制是 48，那么数字字符"8"的 ASCII 码的十进制是（　　　）。
   A. 54　　　　　　B. 58　　　　　　C. 60　　　　　　D. 56

3. 在计算机中，常用的数制是（　　　）。
   A. 二进制　　　　B. 八进制　　　　C. 十进制　　　　D. 十六进制

4. 计算机之所以能按人们的意志自动进行工作，最直接的原因是采用了（　　　）。
   A. 二进制数制　　B. 程序设计语言　C. 高速电子元件　D. 存储程序控制

5. 在微型计算机中，运算器的基本功能是（　　　）。
   A. 进行算术和逻辑运算　　　　　　B. 存储各种控制信息
   C. 控制计算机各部件协调一致地工作　D. 保持各种控制信息

6. 在计算机运行时，把程序和数据一样存放在内存中，这是 1946 年由（　　　）提出的。
   A. 图灵　　　　　B. 布尔　　　　　C. 冯·诺依曼　　　D. 爱因斯坦

7. 外存与内存有许多不同之处，外存相对于内存来说，以下叙述（　　　）不正确。
   A. 外存不怕停电，信息可长期保存
   B. 外存的容量比内存大得多，甚至可以说是海量的
   C. 外存速度慢，内存速度快
   D. 内存和外存都是由半导体器件构成的

8. 计算机中的机器数有 3 种表示方法，下列（　　　）不属于这 3 种表示方法。
   A. 反码　　　　　B. 原码　　　　　C. 补码　　　　　D. ASCII 码

9. 计算机指令是由（　　　）组成的。
   A. 指令码和操作码　　　　　　　　B. 操作数和地址码
   C. 指令寄存器和地址寄存器　　　　D. 操作码和地址码

10. 在一般情况下，外存中存放的数据在断电后（　　　）丢失。
    A. 多数　　　　　B. 不会　　　　　C. 完全　　　　　D. 少量

11. 内存和外存相比，其主要特点是（　　　）。
    A. 能长期保存信息　　　　　　　　B. 存储量大
    C. 能同时存储程序和数据　　　　　D. 存取速度快

12. 与十进制数 100 等值的二进制数是（　　　）。
    A. 1100100　　　B. 1100010　　　C. 0010011　　　D. 1100110

13. 在微型计算机中，主机由微处理器和（　　　）组成。
    A. 磁盘存储器　　B. 内存储器　　　C. 软盘存储器　　D. 运算器

14. 内存中的每一个基本单位都被赋予一个唯一的序号，称为（　　　）。
    A. 字节　　　　　B. 地址　　　　　C. 容量　　　　　D. 编号

15. 在计算机中采用二进制是因为（ ）。

    A. 二进制的运算法则简单

    B. 两个状态的系统具有稳定性

    C. 逻辑命题中的"真"和"假"恰好与二进制的"1"和"0"对应

    D. 上述 3 个原因

16. 能直接与 CPU 交换信息的功能单元是（ ）。

    A. 运算器　　　　B. 硬盘　　　　　　C. 主存储器　　　　D. 控制器

17. 应用软件是指（ ）。

    A. 能够被各应用单位共同使用的某种软件

    B. 所有能够使用的软件

    C. 所有微型计算机上都应使用的基本软件

    D. 专门为某一应用目的而编写的软件

18. 计算机硬件系统由（ ）几个部分组成。

    A. 控制器、显示器、打印机、主机、键盘

    B. 控制器、运算器、存储器、输入输出设备

    C. CPU、主机、显示器、打印机、硬盘、键盘

    D. 主机箱、集成块、显示器、电源、键盘

19. 世界上第一台电子计算机诞生于（ ）。

    A. 1941 年　　　　B. 1946 年　　　　C. 1949 年　　　　D. 1950 年

20. 一个完整的计算机系统应包括（ ）。

    A. 系统硬件和系统软件　　　　　　B. 硬件系统和软件系统

    C. 主机和外部设备　　　　　　　　D. 主机、键盘、显示器和辅助存储器

21. 在下列存储器中，存取速度最快的是（ ）。

    A. 软磁盘存储器　B. 硬磁盘存储器　C. 光盘存储器　　D. 内存储器

22. 在微型计算机中，运算器和控制器合称为（ ）。

    A. 逻辑部件　　　B. 算术运算部件　C. 微处理器　　　D. 算术和逻辑部件

23. 在微型计算机中，ROM 是（ ）。

    A. 顺序读写存储器　　　　　　　　B. 随机读写存储器

    C. 只读存储器　　　　　　　　　　D. 高速缓冲存储器

24. 微型计算机中普遍使用的字符编码是（ ）。

    A. BCD 码　　　　B. 拼音码　　　　C. 补码　　　　　D. ASCII 码

25. 微型计算机采用总线结构连接 CPU、内存储器和外部设备，总线由三部分组成，包括（ ）。

    A. 数据总线、传输总线和通信总线　B. 地址总线、逻辑总线和信号总线

    C. 控制总线、地址总线和运算总线　D. 数据总线、地址总线和控制总线

26. 关于键盘操作，以下叙述（ ）是正确的。

    A. 按住【Shift】键，再按【A】键必然输入大写字母 A

    B. 功能键【F1】、【F2】的功能对不同的软件可能不同

    C. 左右【Ctrl】键作用不相同

    D. 【End】键的功能是将光标移至屏幕最右端

27. 计算机存储数据的最小单位是二进制的（　　）。

　　A. 位（比特）　　B. 字节　　　　　　C. 字长　　　　　　　D. 千字节

28. （　　）是指专门为某一应用目的而编制的软件。

　　A. 系统软件　　　B. 数据库管理系统　C. 操作系统　　　　　D. 应用软件

29. 信息化社会的核心基础是（　　）。

　　A. 通信　　　　　B. 控制　　　　　　C. Internet　　　　　D. 计算机

30. 最基础、最重要的系统软件是（　　）。

　　A. 数据库管理系统　　　　　　　　　B. 文字处理软件

　　C. 操作系统　　　　　　　　　　　　D. 电子表格软件

31. 键盘上可用于字母大小写转换的键是（　　）键。

　　A. 【Esc】　　　B. 【Caps Lock】　　C. 【Num Lock】　　　D. 【Ctrl+Alt+Del】

32. 用 MIPS 来衡量的计算机性能指标是（　　）。

　　A. 存储容量　　　B. 运算速度　　　　C. 时钟频率　　　　　D. 可靠性

33. 通常所说的"裸机"指的是（　　）。

　　A. 只装备有操作系统的计算机　　　　B. 不带输入输出设备的计算机

　　C. 没装备任何软件的计算机　　　　　D. 计算机主机暴露在外

34. 操作系统是（　　）的接口。

　　A. 用户与软件　　　　　　　　　　　B. 系统软件与应用软件

　　C. 主机与外设　　　　　　　　　　　D. 用户与计算机

35. 1946 年第一台计算机问世以来，计算机的发展经历了 4 个时代，它们是（　　）。

　　A. 低档计算机、中档计算机、高档计算机、手提计算机

　　B. 微型计算机、小型计算机、中型计算机、大型计算机

　　C. 组装机、兼容机、品牌机、原装机

　　D. 电子管计算机、晶体管计算机、小规模集成电路计算机、大规模及超大规模集成电路计算机

36. （　　）是换挡键，主要用于辅助输入。

　　A. 【Shift】　　　B. 【Ctrl】　　　　C. 【Alt】　　　　　　D. 【Tab】

二、判断题

1. PC 指个人计算机。　　　　　　　　　　　　　　　　　　　　　　　（　　）

2. 计算机只能处理文字信息。　　　　　　　　　　　　　　　　　　　（　　）

3. 计算机中的字节是个常用的单位，对应的英文是 bit。　　　　　　　（　　）

4. 在计算机内部，传送、存储、加工处理的数据或指令都是以十进制方式进行的。（　　）

5. 某台计算机的内存容量为 640KB，这里的 1KB 为 1 000 个二进制位。　（　　）

6. ASCII 码是美国标准局定义的一种字符代码，在我国不能使用。　　　（　　）

7. 微机中存储单元的内容可以反复读出，内容仍保持不变。　　　　　　（　　）

8. 一个完整的计算机系统应包括软件系统和硬件系统。　　　　　　　　（　　）

9. 造成微型计算机不能正常工作的原因只可能是硬件故障。　　　　　　（　　）

10. 安装在主机机箱外部的存储器叫外部存储器，简称外存。 　　　　　　　　（　　　）
11. 为解决某一特定问题而设计的指令序列称为程序。 　　　　　　　　　　　（　　　）
12. 键盘上的【Ctrl】键是起控制作用的，它必须与其他键同时按下才起作用。（　　　）
13. 计算机执行一条指令所需要的时间称为指令周期。 　　　　　　　　　　　（　　　）
14. 微型计算机的热启动是依次按【Ctrl】、【Alt】、【Del】三个键。 　　　（　　　）
15. 硬盘因为装在主机内部，所以硬盘是内部存储器。 　　　　　　　　　　　（　　　）
16. 微型计算机使用过程中出现的故障，不仅有硬件方面的，也可能有软件方面的。（　　　）
17. 计算机维护包括硬件维护和软件维护两个方面。 　　　　　　　　　　　　（　　　）
18. 计算机中用来表示存储器空间大小的最基本单位是字节。 　　　　　　　　（　　　）
19. 安装在主机箱里面的存储设备是内存。 　　　　　　　　　　　　　　　　（　　　）
20. 即便是关机停电，一台微型计算机 ROM 中的数据也不会丢失。 　　　　　（　　　）
21. 计算机只能处理数值信息。 　　　　　　　　　　　　　　　　　　　　　（　　　）
22. 标准 ASCII 码字符集的编码一共有 127 个。 　　　　　　　　　　　　　（　　　）
23. 一般来说，计算机病毒是一种人为制造的程序。 　　　　　　　　　　　　（　　　）
24. CPU 能够直接访问的存储器是内存储器。 　　　　　　　　　　　　　　　（　　　）
25. 触摸屏属于一种输入设备。 　　　　　　　　　　　　　　　　　　　　　（　　　）
26. 在软件系统中，计算机必须要有 DOS 操作系统。 　　　　　　　　　　　（　　　）
27. 计算机病毒是一类有破坏性的文件。 　　　　　　　　　　　　　　　　　（　　　）
28. 计算机的内存储器比外存储器容量大。 　　　　　　　　　　　　　　　　（　　　）
29. ALU 是 CPU 中的控制器。 　　　　　　　　　　　　　　　　　　　　　（　　　）
30. Word 字处理软件是系统软件。 　　　　　　　　　　　　　　　　　　　（　　　）

第 **2** 章

Windows 2000 操作系统

第一部分 上机指导

实验一 基本操作练习

一、实验目的

① 掌握鼠标的操作方法。

② 熟悉 Windows 操作系统界面的各种要素。

③ 熟悉在"资源管理器"中进行文件和文件夹的管理。

二、实验示例

（1）练习窗口及鼠标操作

① 将鼠标指针指向桌面上的"我的电脑"图标并双击，打开其窗口；单击"最大化"按钮，观察窗口大小的变化，再单击"还原"按钮。

② 将鼠标指针指向窗口上（下）边框，当鼠标指针变为"↕"形状时，适当拖动鼠标，改变窗口大小；将鼠标指针指向窗口左（右）边框，当鼠标指针变为"↔"形状时，适当拖动鼠标，改变窗口大小；将鼠标指针指向窗口的任意角，当鼠标指针变为双向箭头时，拖动鼠标，适当调整窗口在对角线方向的大小。

③ 将鼠标指针指向窗口标题栏，拖动"标题栏"，移动整个窗口的位置，使该窗口位于屏幕中心。

④ 单击"关闭"按钮，关闭窗口。

⑤ 将鼠标指针指向桌面上的"回收站"图标，重复以上的练习①~④。

（2）练习"快捷菜单"的弹出和使用及桌面图标的排列

① 右击桌面空白处（此时将弹出桌面的快捷菜单），将鼠标指针指向快捷菜单中的"排列图标"命令，从其下层菜单中观察"自动排列"是否在起作用（即观察该命令前是否有"√"符号标记）；若没有，单击使之起作用。

② 拖动桌面上的某一图标到另一位置后，松开鼠标按键，观察"自动排列"如何起作用。

　③ 右击桌面，再次弹出桌面快捷菜单，选择"排列图标"下的"按名称"命令，观察桌面上图标排列情况的变化；再分别选择"排列图标"下的"按类型"、"按大小"、"按日期"命令，观察桌面图标排列的情况。

　④ 取消桌面的"自动排列"方式。

　操作提示右击桌面空白处，弹出桌面快捷菜单，选择"排列图标"下的"自动排列"命令，使该命令前的"√"消失。

　⑤ 移动各图标，按自己的意愿设置桌面，例如，把"回收站"图标放在桌面右下角。

（3）在"资源管理器"窗口练习打开菜单并从菜单中选择命令的方法

　① 右击"我的电脑"图标，从弹出的快捷菜单中选择"资源管理器"命令，打开其窗口。

　② 单击"查看"菜单，再将鼠标下移指向下拉菜单中的"大图标"命令，单击，观察右窗口中内容显示方式的变化。

　③ 参照练习②，分别选择"查看"→"小图标"、"查看"→"列表"和"查看"→"详细资料"命令，观察比较右窗口中内容的不同显示方式。

（4）练习用"常规键"方法操作菜单和命令

　① 在"资源管理器"窗口中，按【Alt+V】组合键，打开"查看"菜单，再按【G】键（即选"大图标"命令），观察执行结果。

　② 按【Alt+F】组合键，打开【文件】菜单，再按【C】键（即选择"关闭"命令），关闭"资源管理器"窗口。

（5）练习操作"控制菜单"按钮和使用"控制菜单"

　① 双击"我的电脑"图标，打开其窗口。

　② 单击"控制菜单"按钮（窗口左上角的图标按钮），从弹出的控制菜单中选择"移动"命令，再使用方向键，移动窗口到合适位置，按【Enter】键确定窗口的新位置。

　③ 单击"控制菜单"按钮，从控制菜单中选择"关闭"命令，关闭窗口。

　④ 再次双击"我的电脑"图标，打开其窗口，单击"控制菜单"按钮，从弹出的控制菜单中选择"大小"命令，使用方向键，适当调整窗口大小，按【Enter】键确定窗口的大小。

　⑤ 双击"控制菜单"按钮，关闭窗口。

（6）使用任务栏和设置任务栏

　① 分别双击"我的电脑"和"回收站"图标，打开两个窗口。

　② 分别选择任务栏快捷菜单中的"层叠"、"横向平铺"、"纵向平铺"命令，观察已打开的两个窗口的不同排列方式。

　操作提示：右击任务栏的空白处，可弹出任务栏的快捷菜单。

　③ 从任务栏快捷菜单中选择"属性"命令，弹出"任务栏属性"对话框，从"任务栏"选项卡中选中"自动隐藏任务栏"或取消选中"自动隐藏任务栏"复选框，观察任务栏的存在方式有何变化。

（7）练习从系统中获得帮助信息

　① 单击"开始"按钮，从弹出的"开始"菜单中选择"帮助"命令。

　② 在打开的"帮助"窗口中，单击"搜索"按钮，在"输入要查找的单词"栏中，输入需要系统提供帮助信息的内容，如"创建快捷方式"；然后单击"显示"按钮，即可得到帮助信息。

用同样方法，查找关于"移动任务栏"、"打印文档"等概念的帮助信息。

（8）新建文件夹及展开下一层文件夹

① 新建文件夹：在开放硬盘上，创建学生文件夹（一般公用机房的学生文件夹由任课教师指定位置和文件夹名，本练习中设学生文件夹建立在 E 盘，命名为 student1）。

操作提示：打开资源管理器；在资源管理器的左窗口中单击 E 盘图标或标识名；在右窗口的空白处右击，从弹出的快捷菜单中选择"新建"→"文件夹"命令；将"新建文件夹"更名为 studentl。

② 新建子文件夹：在学生文件夹下建立两个子文件夹 WJJ 和 EX，并在 EX 文件夹下再建立子文件夹 SEX。

操作提示：在资源管理器的左窗口中，单击 E 盘左边的"+"符号，展开其下一层文件夹，选定 E 盘下的 student1 图标或标识名；在右窗口的空白处右击，从弹出的快捷菜单中选择"新建"→"文件夹"命令；将"新建文件夹"更名为 WJJ。同样，新建文件夹 EX 和 SEX。

（9）复制和更名文件夹

① 复制文件夹：将 SEX 文件夹复制到 WJJ 文件夹中。

操作提示：在资源管理器的左窗口中，使 student1 和 EX 文件夹均展开其下一层文件夹，选择 EX 文件夹，右窗口将会显示文件夹 SEX；拖动文件夹 SEX 图标放到左窗口的 WJJ 文件夹上，按住【Ctrl】键，松开鼠标键（因为是在相同磁盘中复制文件，用鼠标直接拖动法复制 WJJ 时，必须借助【Ctrl】键）。执行完毕，查看 EX 文件夹下是否仍有 SEX，以确认是"复制"而不是"移动"文件。

② 更名文件夹：将 WJJ 文件夹中的子文件夹 SEX 的名字改为 SWJJ。操作提示在资源管理器的左窗口中，选定 WJJ 文件夹，在右窗口中右击文件夹 SEX，从弹出的快捷菜单中选择"重命名"命令，输入新名字 SWJJ 后按【Enter】键。

③ 单击 WJJ 文件夹左边的"+"符号，展开其下一层文件夹。

（10）复制和更名文件

① 在不同文件夹中复制文件：将 C:\ WINDOWS \ MEDIA 文件夹中的文件 Logoff.wav 和 Passport.mid 复制到新建的文件夹 WJJ 中；再将 C 盘根目录下的两个文件 Autoexec.bat 和 Config.sys 也复制到文件夹 WJJ 中。

操作提示：在资源管理器的左窗口中选定文件夹 C:\ WINDOWS \ MEDIA，在右窗口中选定文件 Logoff.wav 和 Passport.mid，执行"复制"命令；在资源管理器的左窗口中选定 E:\ STUDENT1\WJJ，执行"粘贴"命令。同样，再复制另两个文件。

② 在同一文件夹中复制文件再更名文件：将 WJJ 文件夹中的文件 Logoff.wav 在同一文件夹中复制一份，并更名为 RenLogoff.wav 。

操作提示：在资源管理器的左窗口中选定 E:\ STUDENT1 \ WJJ，在右窗口中选定文件 Logoff.wav，执行"复制"命令，再执行"粘贴"命令；右击复制成的文件，从弹出的快捷菜单中选择"重命名"命令，输入新名字后按【Enter】键。

操作提示：在资源管理器的左窗口中选定 E:\ STUDENT1 \ WJJ；在右窗口中，按住【Ctrl】键（注意按住不松手）拖动文件 Logoff.wav 释放到另一空白处。也可直接复制文件。

③ 用鼠标直接拖动法复制文件：将 WJJ 文件夹中的 Passport.mid 复制到 EX 文件夹中。

操作提示：在左窗口中选定文件夹 WJJ，右窗口将显示 Passport.mid 文件。拖动 Passport.mid 放到左窗口的 EX 文件夹上，按住【Ctrl】键，再松开鼠标（在相同磁盘中复制文件，用鼠标直接拖动法复制文件时，必须借助【Ctrl】键）。执行完毕，查看 WJJ 文件夹下是否仍有该文件，以确认是"复制"而不是"移动"文件。

④ 一次复制多个文件：将 WJJ 文件夹中的两个.wav 文件同时选中，复制到 EX 文件夹中。

操作提示：同时选定若干文件可以借助【Ctrl】键(不连续的文件)或【Shift】键(连续的文件)。

（11）删除和移动文件

① 删除文件：删除 WJJ 文件夹中的 RenLogoff.wav 文件，再设法恢复该文件。

操作提示：删除可使用资源管理器工具栏的"删除"按钮，恢复可使用工具栏中的"撤销"按钮。

② 移动文件：将 WJJ 文件夹中的 Config.sys 文件移动到 EX 文件夹中。

提示：此时 WJJ 文件夹下有一个子文件夹 SWJJ 和 4 个文件，EX 文件夹下有一个子文件夹 SEX 和 4 个文件，检查是否正确。

（12）其他操作

① 删除文件夹：删除 WJJ 下的子文件夹 SWJJ。

② 设置文件或文件夹的属性：设置 EX 文件夹中的文件 Logoff.wav 的属性为只读，设置其子文件夹 SEX 的属性为隐藏。

操作提示：在资源管理器的左窗口中选定 EX 文件夹，再在右窗口中右击文件或文件夹，从弹出的快捷菜单中选择"属性"命令，可设置只读或隐藏等属性。

③ 显示或隐藏文件扩展名：选择"查看"→"文件夹选项"命令，打开"文件夹选项"对话框，选择"查看"选项卡，选中"隐藏已知文件类型的扩展名"复选框，观察资源管理器窗口中文件名的显示方式；同样，再取消选中"隐藏已知文件类型的扩展名"复选框，观察资源管理器窗口中文件名的显示方式。

④ 显示或隐藏具有隐藏属性的文件：选择"查看"→"文件夹选项"命令，打开"文件夹选项"对话框，再选择"查看"选项卡，选择"不显示隐藏的文件和文件夹"单选按钮，观察 EX 下子文件夹 SEX 的显示情况；同样，再选择"显示所有文件和文件夹"单选按钮，观察 EX 子文件夹 SEX 的显示情况。

⑤ 在指定文件夹 EX 中，建立程序 C:\ WINDOWS \ Pbrush.exe 的快捷方式，命名为"画图"。

⑥ 搜索文件或文件夹：在"我的电脑"中搜索文件 TT.BAT 和文件夹 Clipart 的位置，并按下列方法进行搜索。

- 利用"开始"菜单的"搜索"命令：单击"开始"菜单，指向"搜索"菜单，再指向"文件或文件夹"命令。在"要搜索的文件或文件夹名为"文本框中输入搜索的对象，在"搜索范围"列表框中选择好搜索位置，单击"立即搜索"按钮。
- 在资源管理器中搜索文件或文件夹：在资源管理器中，单击工具栏中的"搜索"按钮，在"要搜索的文件或文件夹名为"文本框中输入搜索的对象，在"搜索范围"列表框中选择好搜索位置，单击"立即搜索"按钮。

三、实验内容

（1）桌面常用图标操作

① 浏览查看"我的文档"中的内容。

② 浏览查看"回收站"中的内容。

③ 打开（Windows 2000）"帮助"窗口。

（2）窗口、菜单和对话框操作

① 打开"附件"菜单的"写字板"窗口。

② 打开"文件"菜单的"页面设置"对话框。

③ 打开"查看"菜单的"选项"对话框。

④ 打开"格式"菜单的"字体"对话框。

⑤ 关闭"写字板"窗口。

⑥ 打开"附件"的"画图"窗口。

⑦ 移动窗口至屏幕的左上角。

⑧ 使窗口的大小约为屏幕大小的 1/45。

⑨ 打开"图像"菜单的"属性"对话框。

⑩ 关闭"画图"窗口。

（3）文件夹与资源管理器的操作

① 在 Dz 根目录中创建 USERl 子文件夹。

② 在 USER1 文件夹下创建子文件夹 WANG。

③ 将 C 盘根目录下的所有文件复制到子文件夹 WANG 中。

④ 将子文件夹 WANG 中第 1、3 个文件移动到子文件夹 USER1。

⑤ 将子文件夹 USERl 中的第一个文件改名为 abe.bak。

⑥ 将子文件夹 USERl 中的第二个文件删除。

实验二　控制面板与功能程序的应用

一、实验目的

① 熟悉控制面板的启动及基本功能。

② 掌握在控制面板上对系统部件属性（系统日期/时间/时区、系统区域、键盘和鼠标、显示、中文输入法的安装和删除等）进行设置的方法。

③ 掌握在控制面板上添加新硬件的操作。

④ 掌握在控制面板上添加或删除应用程序的操作。

⑤ 掌握在控制面板上进行密码和用户自定义桌面的设置方法。

二、实验示例一

1. 启动控制面板

（1）从"开始"菜单启动

单击"开始"菜单，选择"设置"→"控制面板"命令，打开如图 2-1 所示的"控制面板"窗口。

双击桌面上的"我的电脑"图标，在打开的"我的电脑"窗口中，双击"控制面板"图标，也可打开如图 2-1 所示的"控制面板"窗口。

（2）从"我的电脑"中启动

双击桌面上的"我的电脑"图标，在"我的电脑"窗口中，双击"控制面板"图标，也可打开如图 2-1 所示的"控制面板"窗口。

图 2-1　"控制面板"窗口

2. 系统部件属性的设置

（1）系统日期/时间和区域的设置

① 系统日期/时间的设置。在控制面板中，双击"日期/时间"图标，打开"日期/时间属性"对话框。选择年份为"2008"，月份为"五月"，选中的日期"12"（反显），则设置的计算机系统日期为 2008 年 5 月 12 日。

将鼠标移到时间的数字显示部分并单击，使光标在修改处闪烁，修改时间为 11:23:18 并单击"确定"按钮。

在"时区"选项卡中，更改"时区"为夏威夷标准时间并单击"应用"按钮，再进入"时间/日期属性"对话框观察当前的时间/日期和时区内容。

② 系统区域的设置：

● 在控制面板中，双击"区域设置"图标，打开"区域设置属性"的对话框。

● 在"区域选项"选项卡中选择"中文（中国）"。在"数字"选项卡中，对"小数点"、"小数位数"等进行相应设置并单击"应用"按钮。在"货币"选项卡中，对"货币符号"、"货币符号的位置"等进行相应设置并单击"应用"按钮。在"时间"选项卡中，对"时间样式"进行设置并单击"应用"按钮。在"日期"选项卡中，对"短日期样式"和"长日期样式"进行设置并单击"应用"按钮。

在进行上述各项设置时，注意观察对话框中相应的示例变化和提示。

（2）键盘和鼠标属性的设置

① 键盘属性的设置：

● 在控制面板中，双击"键盘"图标，打开"键盘属性"对话框。

● 在"速度"选项卡中，对"重复延缓时间"、"重复速度"和"光标闪烁速度"选项进行设置，先设置为最长/快，再设置为最短/慢，然后单击"单击此处，按下任意键测试重复速度"文本框的空白处。按【K】键，观察框中 K 重复出现的速度，观察光标闪烁的快慢。

- 在"语言"选项卡中，选择"智能 ABC 输入法"选项，单击"设成默认值"按钮，将"智能 ABC 输入法"设为默认输入法，再单击"确定"按钮。重新启动 Windows 2000，可以见到"智能 ABC 输入法"已自动启动了。
- 在"语言"选项卡中，按【Ctrl+Shift】组合键来切换语言，单击"确定"按钮，就可使用【Ctrl】键和【Shift】键在几种中文输入法间进行切换。
- 在"语言"选项卡中单击"添加"按钮，在弹出的"添加语言"对话框中选择"法语(标准)"选项，单击"确定"按钮，就可以将法语加入。

② 鼠标属性的设置：

- 双击控制面板中的"鼠标"图标，弹出"鼠标属性"对话框。
- 在"鼠标属性"对话框的"按钮"选项卡中，根据个人习惯选择"左手习惯"或"右手习惯"选项，观察对话框中对鼠标左、右键功能说明的变化。
- 在"双击速度"栏中，调整两次击键间的速度，然后，在测试区域双击手摇玩具盒，如果会弹出小木偶，表明设置的速度比较合适（一般设置为中速），单击"应用"和"确定"按钮确认。
- 在"指针"选项卡中，依次设置"方案"为"3D 指针"和"Windows 特大"，单击"应用"按钮，观察对话框中鼠标的各种形式变化。
- 在"移动"选项卡中，设置合适的指针速度并确定是否选中"显示指针轨迹"复选框。如果选择，则再设置合适的指针轨迹的长度，单击"应用"按钮，观察鼠标的变化。

（3）显示器属性的设置

① 显示器"背景"的设置：

- 在控制面板中，双击"显示"图标，打开"显示属性"对话框。
- 在"背景"选项卡中，选择"墙纸"为 Clouds，并单击"应用"按钮。可以在对话框的示例中看到该墙纸的样式。依次选择"显示"方式为"居中"、"平铺"和"拉伸"并单击"应用"按钮，观察不同的效果，最后设置"拉伸"选项并单击"应用"和"确定"按钮。

② 显示器屏幕保护程序的设置：

- 在"屏幕保护程序"选项卡中，依次选择屏幕保护程序为"星空模拟"和"水底世界"。观察对话框中示例的效果。再单击"预览"按钮观察实际效果，最后选定"三维文字"选项，并单击"应用"和"确定"按钮。
- 选择"密码保护"复选框，可进行屏幕保护程序的密码的设置。

③ 显示器屏幕外观和颜色制式的设置：

- 在"外观"选项卡中，将"方案"选择为"玫瑰色（大）"，单击"应用"按钮，观察窗口的变化，再将"方案"改为"Windows 标准"并单击"应用"按钮观察窗口的变化。
- 在对话框中选择"活动窗口标题栏"，设置"大小"为25、"颜色 1"和"颜色 2"分别为黄色和绿色；在"字体"下拉列表框中选择"楷体 GB2312"选项、字体大小为"13"、颜色为"黑色"，观察设置的效果，最后将"方案"改为"Windows 标准"，单击"应用"和"确定"按钮。
- 在对话框的"设置"选项卡中，可根据计算机配置显示器与显示卡来进行设置。例如：

将"颜色"设为"真彩色（32 位）"、"桌面区域"中的游标拉到至"1024×768"像素，单击"应用"按钮，此时系统会询问是否要重新启动 Windows，单击"重新启动"按钮，再在系统后面的询问对话框中单击"确定"按钮，在屏幕稳定后观察设置的效果。

- 在"设置"选项卡中，单击"高级"按钮，可在"适配器"等选项卡中查看当前所用的适配器的生产商、芯片类型、内存以及其他内容。

3. 中文输入法的安装和删除

（1）中文输入法的安装

① 双击"控制面板"中的"区域选项"图标，弹出"区域选项"对话框，选中"输入法区域设置"选项卡。

② 在该对话框中，单击"添加"按钮，弹出"添加输入法区域设置"对话框。

③ 在"键盘布局输入法"中，选择相应的输入法，如 "表形码输入法"，单击"确定"按钮，返回"输入法"对话框，单击"应用"按钮，系统开始装入该文件。单击"确定"按钮，即可完成输入法的添加。

（2）中文输入法的删除

删除输入法的操作，可在"输入法区域设置"选项卡中，选中要删除的输入法，如"郑码输入法"，单击"删除"按钮即可。

4. 添加和删除应用程序

（1）添加应用程序

例如：安装 Office 应用软件。

① 将 Office 应用软件光盘放入光盘驱动器。

② 双击控制面板中的"添加/删除程序"图标，打开"添加/删除程序"窗口。在"安装/卸装"选项卡中，查看系统当前已经安装的程序。如果原已安装，则先删除，再安装。否则，直接单击"安装"按钮，弹出"从软盘或 CD-ROM 驱动器安装程序"对话框。单击"下一步"按钮，弹出"运行安装程序"对话框。

③ 系统会自动对驱动器进行搜索并在"安装程序的命令行"栏中自动选择 Setup.exe 安装程序。若搜索不到，可单击"浏览"按钮，进行浏览选择并打开安装程序，单击"完成"按钮，系统开始进行安装。

④ 各种应用程序的具体安装方法会有所不同，但都会有明确的提示，一般都会有要求用户接受其声明，回答 Y，要求输入该应用程序的序列号。

⑤ 应用软件安装也可在"我的电脑"、"资源管理器"中进行，有的具有自安装程序的应用软件被放入光驱后就会自引导式的进行安装。

（2）删除应用程序

① 双击控制面板的"添加/删除程序"图标，弹出"添加/删除程序"窗口。

② 在"安装/卸载"选项卡中，从已安装的程序列表中，选中要删除的应用程序，单击"添加/删除"按钮。此时，屏幕弹出一个确认对话框，问是否要删除，单击"是"按钮，该应用程序就从当前系统中被删除了。

③ 然后，单击"确定"按钮，关闭"添加/删除程序"对话框。

5. 添加打印机的驱动程序

① 检查打印机与计算机的连接，记下打印机的型号（假设型号为 Epson 6200K）。

② 单击"开始"菜单，选择"设置"菜单中的"打印机"命令，打开"打印机"窗口。双击"添加打印机"图标，弹出"添加打印机向导"对话框。单击"下一步"按钮，在对话框中选择"本地打印机"选项，再单击"下一步"按钮，在"使用以下端口"列表中选择 LPT1 为打印端口，再单击"下一步"按钮。此时在对话框中可看到各厂商的各种打印机的型号。

③ "厂商"选择 Epson，"打印机"选择 Epson 6200K。单击"下一步"按钮，再单击"下一步"按钮，按要求为打印机起名为 My Printer，这时会询问是否与其他网络用户共享这台打印机，选择"不共享这台打印机"选项，单击"下一步"按钮，在"位置"和"注释"文本框中填写这台机器的位置和功能。再单击"下一步"按钮，在"是否建议打印"对话框中单击"否"按钮，即不打印测试页，单击"完成"按钮，打印机就安装好了。

6. 设置用户自定义桌面布置

双击控制面板中的"管理工具"图标，在打开的"管理工具"窗口中双击"计算机管理"图标，打开"计算机管理"窗口，选择"本地用户和组"并单击"用户"文件夹，选择"操作"菜单中的"新用户"命令，单击"新用户"按钮，屏幕显示"新用户"向导，在随后的"用户名"对话框中，输入自己姓名的汉语拼音作为用户名，输入数字"123456"作为口令并确认，单击"创建"按钮。

单击任务栏内的"开始"菜单，选择"关闭系统"命令，重新启动 Windows 2000，输入口令进行登录，就可以观察到用户自定义的桌面布置了。

三、实验示例二

"附件"是 Windows 2000 附带的小型实用程序，包括用户常用的"画图"、"记事本"、"写字板"、"图像处理"、"计算器"及一些多媒体工具等。利用这些实用程序，用户可以快速方便地完成一些日常工作。

画图是一个操作简单、易于使用的绘画程序。使用画图程序，可以绘制线条图或比较简单的艺术图案，也可以修改由扫描仪输入的图片文件。绘制出来的图案可以通过"剪贴板"插入到其他应用程序的文档中。

1. 画图的启动

选择"开始"→"程序"→"附件"→"画图"命令，即可打开如图 2-2 所示的"画图"窗口。

2. 窗口的组成及各区的功能

（1）窗口的组成

窗口由绘图区、工具栏、颜料盒等部分组成。工具箱、颜料盒和状态栏是否显示，可以由"查看"菜单来设置。

① 绘图区：绘图区也称为画布，所有的画图工作都在画布上进行。

② 工具箱：位于窗口的左侧。利用工具箱中的工具可画出各种图形。

③ 颜料盒：用来选取图形的前景色和背景色。

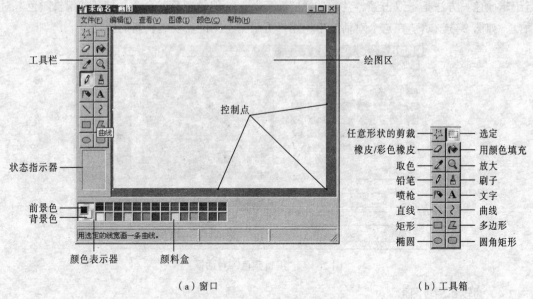

（a）窗口 （b）工具箱

图 2-2 "画图"窗口与工具箱

（2）工具箱中工具按钮的功能及使用

- 任意形状的裁剪：用于从图形中选择不规则的区域。
- 选定：用于从图形中选择规则的区域。
- 橡皮/彩色橡皮：用于擦除图形中的某块区域，使该区域变为背景色。
- 用颜色填充：用于填充封闭的区域。若在不封闭的区域内填充，将产生色溢。
- 取色：用于从图形中取出颜色。
- 放大：用于放大选定的区域，以便对图形做细节修饰。
- 铅笔：用于在画布上以前景色画出任意形状的线条，相当于徒手绘画。
- 刷子：用于在画布上随意涂色。
- 喷枪：用于在画布上喷色。喷色时，应先在选择框中选择喷枪大小。
- 文字：用于在画布中输入文字。
- 直线：用于画水平线、垂直线和斜线等。
- 曲线：用于画各种不同的曲线和环形。
- 矩形：用于画空心、实心和无边框的矩形。
- 多边形：用于画三角形、梯形和平行四边形等形状。
- 椭圆：用于画空心、实心和无边框的圆和椭圆。
- 圆角矩形：用于画空心、实心和无边框的圆角矩形，画法与画矩形类似。

（3）颜料盒功能及使用

颜料盒用于选择或调制绘图时使用的颜色。颜料盒左边的方框中有两个错开而重叠的小矩形框，称为颜色表示器，前框的颜色代表前景色，即当前画笔的颜色，后框的颜色代表背景色，即绘图的底色。颜料盒中用许多小方框提供了能够使用的各种颜色样板。在颜料盒的一个颜色块中单击选择前景色；右击选择背景色。如果颜料盒中的颜色不能满足绘图的需要，用户可自行编辑颜色。方法是：双击颜料盒或选择"颜色"→"编辑颜色"命令，打开"编辑颜色"对话框，如图 2-3 所示。在这个对话框中，用户可根据绘图的需要编辑新的颜色。

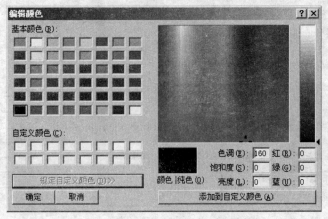

图 2-3 "编辑颜色"对话框

（4）翻转和旋转图形

翻转和旋转的方法是：选择待翻转和旋转的图形区域，再选择"图像"→"翻转/旋转"命令，弹出如图 2-4 所示的"翻转和旋转"对话框。

- 要左右倒置，可选中"水平翻转"单选按钮。
- 要上下倒置，可选中"垂直翻转"单选按钮。
- 要按一定角度旋转，可选中"按一定角度旋转"单选按钮，再指定旋转角度。

注意：翻转和旋转时，如果未选定图形的某一部分，则对整个图形做翻转和旋转。

（5）拉伸、扭曲图形

拉伸是指按水平或垂直方向放大图形，而扭曲是指将图形倾斜一定的角度。拉伸和扭曲的方法是：选择待拉伸和扭曲的图形区域，再选择"图像"→"拉伸/扭曲"命令，弹出如图 2-5 所示的"拉伸和扭曲"对话框。

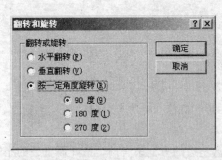

图 2-4 "翻转和旋转"对话框

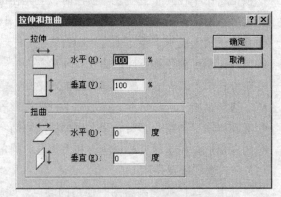

图 2-5 "拉伸和扭曲"对话框

在上面的"水平"和"垂直"文本框中输入水平和垂直方向的拉伸比例，取值介于 0～500 之间。100%表示原始大小，小于 100%将缩小图形，大于 100%将放大图形。若水平和垂直拉伸比例相同，则选定的区域按长宽同比例缩放。

在下面的"水平"和"垂直"文本框中输入水平和垂直方向的扭曲角度，取值介于 89～89 之间。输入正值，则图形按顺时针方向偏转；输入负值，则图形按逆时针方向偏转。

注意： 在拉伸和扭曲时，如果未选定图形部分，则对整个图形做拉伸和扭曲。此外，还可选定图形区域后，再拖动区域周围的尺寸句柄来拉伸图形。拖动左右两边的尺寸句柄可以水平拉伸图形，拖动上下两边的尺寸句柄可以垂直拉伸图形，而拖动角上的尺寸句柄可以同时进行水平和垂直拉伸。

3. 画图的基本操作步骤

① 建立一个图画文件。启动"画图"系统时，将自动建立一个名为"未命名"的画图文件。打开"画图"窗口后，可以选择"文件"→"新建"命令建立一个新的画图文件。

② 确定绘图区大小：利用"图像"菜单中的"属性"命令，可以改变绘图区的大小； 或将鼠标指针移到如图 2-2 所示的控制点上，当鼠标指针变成双箭头时，拖动控点，也可以改变绘图区的大小。

③ 选择颜色：选择颜色就是选择画图时使用的前景色和背景色。

④ 绘图：在工作区里绘制图画或输入文字。可以使用绘图工具、颜料盒等进行编辑。 绘图时应先选择工具，再将鼠标移动到要作图的位置，拖动鼠标来完成。

⑤ 编辑图形：在工作区中可利用擦除、移动或复制、撤销等操作来编辑图画中的内容。

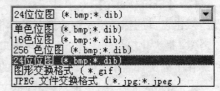

⑥ 存盘：在"画图"窗口中，选择"文件"→"保存"或选择"文件"→"另存为"命令，将绘制的图画保存到磁盘中。"画图"程序可以将图画文件保存为如图 2-6 所示的 6 种文件格式，默认为 24 位位图（*.bmp）格式。

图 2-6　6 种可选的保存文件格式

四、实验内容

（1）鼠标属性的设置

进行鼠标属性的设置："左手习惯"或"右手习惯"的选择，"双击速度"的设置，还要设置合适的指针速度并选择"显示指针轨迹"。观察效果。

（2）显示器属性的设置

进行显示器"背景"的设置，显示器屏幕保护程序的设置，显示器屏幕外观和颜色制式的设置。观察效果。

（3）添加输入法

删除"智能 ABC 输入法"，单击"CH 指示器"，观察效果。然后再添加"智能 ABC 输入法"，单击"CH 指示器"。观察效果。

（4）安装一个应用程序

（5）利用画图制作一个贺卡

（6）利用记事本输入本书的前言

第二部分 习　题

一、选择题

1. 要关闭一个活动的应用程序窗口，可以用快捷键（　　　）。

　　A. 【Ctrl+Esc】　　　B. 【Ctrl+F4】　　　　　C. 【Alt+Esc】　　　　　D. 【Alt+F4】

2. 若想立即删除文件或文件夹，而不将它们放入回收站，则实行的操作是（　　　）。

　　A. 按【Delete】键　　　　　　　　　　B. 按【Shift+Delete】组合键

　　C. 打开快捷菜单，选择"删除"命令　　D. 在"文件"菜单中选择"删除"命令

3. 在 Windows 的菜单中，有的菜单选项右端有一个向右的箭头，这表示该菜单项（　　　）。

　　A. 已被选中　　　　　　　　　　　　B. 还有子菜单

　　C. 将弹出一个对话框　　　　　　　　D. 是无效菜单项

4. 在 Windows 的菜单中，有的菜单选项右端有符号"…"，这表示该菜单项（　　　）。

　　A. 已被选中　　　　　　　　　　　　B. 还有子菜单

　　C. 将弹出一个对话框　　　　　　　　D. 是无效菜单项

5. 在中文 Windows 中，为了快速实现全角与半角状态之间的切换，应当按（　　　）组合键。

　　A. 【Ctrl+空格键】　　　　　　　　　B. 【Ctrl+Shift】

　　C. 【Shift+Enter】　　　　　　　　　D. 【Shift+空格键】

6. 双击窗口的标题栏左端的控制菜单框，则（　　　）。

　　A. 最大化窗口　　　B. 最小化窗口　　　C. 关闭窗口　　　D. 改变窗口的大小

7. 在下列文件名中，（　　　）是非法的 Windows 文件名。

　　A. Myfile　　　　　　B. 这是我的文件　　　C. **myfile**　　　　D. student.dbf

8. 在 Windows 中，选定一个文件并右击，在弹出的快捷菜单中包括（　　　）命令。

　　A. 刷新　　　　　　　B. 复制　　　　　　　C. 粘贴　　　　　　　D. 插入

9. 在 Windows 中，剪贴板是程序和文件之间用来传递信息的临时存储区，此存储区是（　　　）。

　　A. 回收站的一部分　　　　　　　　　B. 硬盘的一部分

　　C. 内存的一部分　　　　　　　　　　D. 软盘的一部分

10. 在 Windows 2000 环境中，关于"回收站"叙述正确的是（　　　）。

　　A. 暂存被删除的对象　　　　　　　　B. 回收站的内容不可以恢复

　　C. 清空回收站后仍可用命令方式恢复　　D. 回收站的内容不占用硬盘空间

11. 关于"程序的安装与卸载"，下列说法中正确的是（　　　）。

　　A. 在"开始"菜单的"程序"选项菜单中提供了安装和卸载应用程序的功能

　　B. Windows 2000 的"控制面板"中提供了安装和卸载应用程序的功能

　　C. 在"开始"菜单的"程序"选项菜单中右击，选择"删除"命令即可完成卸载

　　D. 在"附件"中提供了安装和卸载应用程序的功能

12. 通过"控制面板"中的"区域选项"设置功能，可以更改 Windows 2000 显示（　　　）、货币、大数字和带小数点数字的方式。

　　A. 日期、时间　　　　　　　　　　　B. 文件夹

　　C. 文件夹属性　　　　　　　　　　　D. 以上均可

13. 在下列描述中，不能打开 Windows 2000 "资源管理器"的操作是（　　　）。

　　A. 在"开始"菜单的"程序"选项菜单中选择它

　　B. 右击"开始"按钮，在弹出的快捷菜单中选择它

　　C. 把鼠标放在"我的电脑"图标上，右击后选择它

　　D. 在"开始"菜单的"文档"选项菜单中选择任意一个文档后右击

14. 在 Windows 2000 环境中，对文档进行修改后，既要保存修改后的内容，又不能改变原文档的内容，此时可以使用"文件"菜单中的（　　　）命令。

　　A. 属性　　　　　　B. 保存　　　　　　C. 另存为　　　　　　D. 打开

15. 在 Windows 2000 的"资源管理器"或"我的电脑"窗口中对文件、文件夹进行复制操作，当选择了操作对象之后，应当在常用工具栏中单击（　　　）按钮；然后选择复制目的磁盘或文件夹，再单击常用工具栏中的"粘贴"按钮。

　　A. 剪切　　　　　　B. 复制　　　　　　C. 粘贴　　　　　　D. 打开

16. 在操作 Windows 2000 的许多子菜单中，经常会出现灰色的菜单项，这是（　　　）。

　　A. 错误单击了其主菜单　　　　　　　　B. 双击灰色的菜单项才能执行

　　C. 选择并右击就可对菜单进行操作　　　D. 在当前状态下，无此功能

17. 在 Windows 2000 中，鼠标左键和右键的功能（　　　）。

　　A. 固定不变

　　B. 可以通过对"控制面板"操作来改变

　　C. 可以通过对"资源管理器"操作来改变

　　D. 可以通过对"附件"操作来改变

18. Windows 2000 中的文件名最长可达（　　　）个字符。

　　A. 255　　　　　　B. 254　　　　　　C. 256　　　　　　D. 8

19. Windows 2000 中的"写字板"程序能编辑（　　　）。

　　A. .txt 以外的文件　　　　　　　　　　B. .txt 和 .doc 文件

　　C. 任一种格式文件　　　　　　　　　　D. 多种格式文件

20. Windows 中改变日期时间的操作（　　　）。

　　A. 可以在系统设置中设置　　　　　　　B. 只能在"控制面板"中双击"日期/时间"

　　C. 只能双击"任务栏"右侧的数字时钟　　D. 可通过不止一种方法改变

21. 在 Windows 2000 中"画图"程序所建立的文件扩展名均是（　　　）。

　　A. .bmp　　　　　　B. .doc　　　　　　C. .gif　　　　　　D. .avi

22. 在 Windows 中进行文本输入时，全角/半角切换可用（　　　）。

　　A.【Ctrl+Shift】　　B.【Ctrl+空格键】　　C.【Shift+空格键】　　D. 均不对

23. 为了正常退出 Windows 2000，正确操作是（　　　）。

　　A. 关掉供给计算机的电源

　　B. 选择系统菜单中的"关闭系统"并进行人机对话

　　C. 在没有程序正在执行的情况下关掉计算机的电源

　　D. 按【Alt+Ctrl+Del】组合键

24. 在 Windows 2000 环境中，要改变"我的电脑"或"资源管理器"窗口中一个文件夹或文件的名称，可以采用的方法是，先选取该文件夹或文件，再（　　　）。
    A. 单击该文件夹或文件的名称　　　　　　B. 单击该文件夹或文件的图标
    C. 双击该文件夹或文件的名称　　　　　　D. 双击该文件夹或文件的图标

25. 在 Windows 2000 环境中，如果只记得某个文件夹或文件的名称，忘记了它的位置，那么要打开它的最简便方法是（　　　）。
    A. 在"我的电脑"或"资源管理器"窗口中浏览
    B. 使用系统菜单中的"搜索"命令
    C. 使用系统菜单中的"运行"命令
    D. 使用系统菜单中的"文档"命令

26. 打开 Windows 2000 中的"任务栏属性"对话框的正确方法是（　　　）。
    A. 将鼠标移至"任务栏"，右击，弹出快捷菜单，选择"属性"命令
    B. 将鼠标移至"任务栏"，单击，弹出快捷菜单，选择"属性"命令
    C. 双击"任务栏"→"空白处"
    D. 单击"任务栏"

27. 在 Windows 2000 环境中，当在应用程序窗口中处理一个被打开的文档后，选择"文件"→"另存为"命令，将使（　　　）。
    A. 该文档原先在磁盘上的文件保持原样，目前处理的最后结果以另外的文档名和路径存入磁盘
    B. 该文档原先在磁盘上的文件被删除，目前处理的最后结果以另外的文档名和路径存入磁盘
    C. 该文档原先在磁盘上的文件变为目前处理的最后结果，同时该结果也以另外的文档名和路径存入磁盘
    D. 该文档原先在磁盘上的文件扩展名改为.bak，目前处理的最后结果以另外的文档名和路径存入磁盘

28. 在 Windows 2000 环境中，用户打算把文档中已经选取的一段内容移动到其他位置上，应当先选择"编辑"→（　　　）命令。
    A. 复制　　　　　　B. 剪切　　　　　　C. 粘贴　　　　　　D. 清除

29. 在 Windows 2000 环境中，下列叙述中正确的一项是（　　　）。
    A. 移动文档内容，选择"剪切"命令后，再选择"复制"命令
    B. 移动文档内容，选择"复制"命令后，再选择"粘贴"命令
    C. 移动文档内容，选择"复制"命令后，再选择"剪切"命令
    D. 移动文档内容，选择"剪切"命令后，再选择"粘贴"命令

30. 在 Windows 2000 环境中，对安装的汉字输入法进行切换的键盘操作是按（　　　）。
    A. 【Ctrl+空格键】　　　　　　　　　　B. 【Ctrl+Shift】
    C. 【Shift+空格键】　　　　　　　　　　D. 【Ctrl+.】

31. 在 Windows 2000 环境中，"全角、半角"方式的主要区别在于（　　　）。
    A. 全角方式下输入的英文字母与汉字输出时同样大小，半角方式下为汉字的一半大
    B. 全角方式下不能输入英文字母，半角方式下不能输入汉字

C. 全角方式下只能输入汉字, 半角方式下只能输入英文字母

D. 半角方式下输入的汉字为全角方式下输入汉字的一半大

32. 在 Windows 2000 环境中, 以下不是鼠标器的基本操作方式是 (　　　)。

A. 单击　　　　　　　　　　　　B. 拖放

C. 连续交替按下左右键　　　　　D. 双击

33. 在 Windows 2000 环境中, 鼠标在屏幕上产生的标记符号被移到一个窗口的边缘时会变为一个
(　　　), 表明可以改变该窗口的大小。

A. 指向左上方的箭头　　　　　　B. 伸出手指的手

C. 竖直的短线　　　　　　　　　D. 双向的箭头

34. 在 Windows 2000 环境中, 每个窗口的标题栏的右边都有一个标有空心方框的方形按钮, 单击
它可以 (　　　)。

A. 关闭该窗口　　B. 打开该窗口　　C. 把该窗口最小化　　D. 把该窗口最大化

35. 在 Windows 2000 环境中, 在下拉菜单里的各个操作命令项中, 有一类命令项的右边标有省略
号 (...), 这类命令项的执行特点是 (　　　)。

A. 被选中执行时会要求用户加以确认　　B. 被选中执行时会弹出菜单

C. 被选中执行时会弹出对话框　　　　　D. 当前情况下不能执行

36. 在 Windows 2000 环境中, 有些对话框中有自成一组的命令项, 与其他项之间用一条横线隔
开, 用鼠标单击其中一个命令项时其左边会显示 "." 符号。这是一组 (　　　)。

A. 多选设置按钮　　　　　　　　B. 单选设置按钮

C. 有对话框的命令　　　　　　　D. 有子菜单的命令

二、判断题

1. 利用 Windows 2000 "编辑" 菜单中的 "剪切" → 多次 "粘贴" 命令, 也可以实现文件复制。
(　　　)

2. 在 Windows 2000 中, 若要选择多个不连续的操作对象, 可按住【Ctrl】键的同时, 单击第一
个和最后一个对象。(　　　)

3. 在 Windows 2000 中, "资源管理器" 命令只能在 "开始" → "程序" 菜单中找到。(　　　)

4. 在 Windows 2000 中, 若要选择多个不连续的操作对象, 可通过按住【Shift】键的同时单击操
作对象来实现。(　　　)

5. 在 Windows 2000, 若用户在网上共享资源时, 需要频繁访问网上的某个共享文件夹, 可以为
它设置一个逻辑驱动器号:网络驱动器。(　　　)

6. 按【Alt+Tab】组合键, 可以切换 Windows 2000 中运行着的应用程序窗口, 使其中之一成为当
前窗口。(　　　)

7. Windows 2000 的桌面只能在安装时定义。(　　　)

8. Windows 2000 系统不带上网浏览器。(　　　)

9. Windows 2000 是一个完整的集成 64 位操作系统。(　　　)

10. 在 Windows 2000 环境下, 按【F1】键可以进入随机帮助。(　　　)

11. Windows 2000 提供多任务并行处理的能力。(　　　)

12. Windows 是一种操作系统, 它本身不具有文字编辑功能。(　　　)

13. 从"回收站"中，既可以恢复从硬盘上删除的文件或文件夹，也可以恢复从软盘上删除的文件夹。 （　　）

14. Windows 2000 的"开始"状态栏可以隐藏起来，还可以改变显示在屏幕上的位置。（　　）

15. Windows 2000 的"开始"→"程序"选项菜单中包含的命令对不同计算机均一样。（　　）

16. 在 Windows 2000 中，删除操作不可以删除只读文件。 （　　）

17. 在 Windows 2000 中，回收站中的内容只能恢复到 C 盘的 My Documents 目录中。 （　　）

18. 对鼠标左键的操作只有单击和双击两种。 （　　）

19. 在 Windows 2000 中，"回收站"专门用于对被删除文件进行管理。 （　　）

20. Windows 2000 不支持打印机共享。 （　　）

21. 在 Windows 2000 中的"资源管理器"中，不仅可以对文件及文件夹进行管理，而且还能对计算机的硬件及"回收站"等进行管理。 （　　）

22. Windows 2000 支持面向对象的程序设计。 （　　）

23. Windows 2000 允许输入法显示器不在任务栏右侧显示。 （　　）

24. 在 Windows 2000 中，文件夹建好后，其名称及位置均不能改变。 （　　）

25. 在 Windows 2000 中，可以用【Ctrl+空格键】组合键切换中文输入法中的"半角 / 全角"。（　　）

26. 在 Windows 2000 中，对文件的复制操作，只能使用"复制"和"粘贴"按钮进行。（　　）

27. 使用 Windows 2000 的"系统工具"→"磁盘清理"命令，可以删除不想继续保存在磁盘上的文件，以释放出磁盘空间。 （　　）

28. 利用 Windows 2000 中的命令可以发传真。 （　　）

29. 只能利用"控制面板"中的"日期/时间"命令来修改 Windows 2000"任务栏"右边显示的时间。 （　　）

30. 在 Windows 2000 中，可以对鼠标左右键的功能进行设定。 （　　）

第 **3** 章

文字处理软件 Word 2000

第一部分 上机指导

实验一 Word 的基本操作

一、实验目的

① 掌握 Word 2000 的启动和退出。

② 掌握 Word 2000 文件的基本操作。

③ 掌握 Word 2000 字符的格式化操作。

④ 熟悉 Word 2000 段落的格式化操作。

二、知识要点

1. 基本操作

启动 Word：利用前面所学的知识，可以通过多种方法从 Windows 2000 环境下启动 Word 2000，如选择"开始"菜单中的"程序"→Office 2000→Word 2000 命令；或者利用在桌面上建立的快捷菜单等。

Word 2000 窗口的各组成元素：标题栏、菜单栏、工具栏按钮、标尺、插入点和状态栏，如图 3-1 所示。

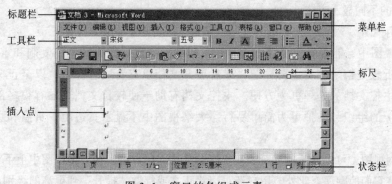

图 3-1 窗口的各组成元素

2. 文档的创建与打开

在"常用"工具栏上，单击"新建空白文档"按钮，在打开的"新建"对话框中，选择"常用"选项卡中的"空白文档"选项，单击"确定"按钮。

若要使用模板、向导和原有文档作为起点，可以执行下列操作之一：

在"文件"菜单上选择"新建"命令。

在"新建文档"任务窗格中，在"根据模板新建"下单击"通用模板"选项。

根据要创建的文档的类型，选择相应的选项卡，然后双击所需模板或向导的图标。

3. 文档的编辑

在当前活动的文档窗口里，可根据自己的水平选择一种输入法，然后进行数据的录入。

（1）插入点、行和段落

在当前活动的文档窗口里，闪烁的光标被称为"插入点"，它标识着文字输入的位置。随着文本的不断录入，"插入点"的位置也不断地向右移动，当到达所设页面的最右边时，Word 可以自动将"插入点"移到下一行。

按【Enter】键将产生换行操作，每按一次【Enter】键就会产生一个段落标记符号。

（2）删除文字

在录入过程中如果产生输入错误，可使用【Back Space】键删除插入点前面的一个字符，使用【Delete】键可删除插入点后面的一个字符。当需要在已录入完成的文本中插入某些内容时，须将鼠标指向插入位置并单击鼠标，重新设置插入点的位置，接着录入的文字会出现在新插入点的位置。

（3）"插入状态"和"改写状态"

通常在插入的情况下，Word 会自动将插入点后面的已有文字右移。当需要用新输入的文本把原有内容覆盖掉时，双击"状态栏"右面的"改写"按钮，使其由灰色变为黑色，这时再输入的内容就会替换原有内容，称此时的文本编辑处于"替换状态"。在替换状态下双击"改写"按钮又可使编辑切换到"插入状态"。

4. 文件的保存

若要快速保存文档，可单击"常用"工具栏上的"保存"按钮。也可以在"文件"菜单中选择"另存为"命令，在"文件名"文本框中，输入文件的新名称。最后单击"保存"按钮。

5. 文档的不同显示方式

（1）大纲视图

在大纲视图中，能查看文档的结构，还可以通过拖动标题来移动、复制和重新组织文本。还可以通过折叠文档来查看主要标题，或者展开文档以查看所有标题，以至正文内容。大纲视图还使得主控文档的处理更为方便。主控文档有助于使较长文档（如有很多部分的报告或多章节的书）的组织和维护更为简单易行。大纲视图中不显示页边距、页眉和页脚、图片和背景。

使用大纲视图，可以方便地重新调整文档的结构。用户可以在大纲视图中上下移动标题和文本，从而调整它们的顺序。此外，用户还可以将正文或标题"提升"到更高的级别或"降低"到更低的级别。

标题是格式设置为 Word 附带的 9 种标题样式之一的题目 。在大纲视图中，Word 在每个标题的左边都显示一个符号。其中"+"号表示带有从属文本的标题，"-"号表示不带从属文本的标题。

正文是大纲中除标题以外的段落。在"大纲"视图中，段落左边的小方块表示此段落是正文。

大纲视图能够显示文档的结构。大纲视图中的缩进和符号并不影响文档在普通视图中的外观，而且也不会打印出来。

（2）页面视图

选择"视图"→"页面"命令可切换到页面视图。在页面视图中可以查看在打印出的页面中的文字、图片和其他元素的位置。页面视图可用于编辑页眉和页脚、调整页边距和处理栏和图形对象。

（3）Web 版式视图

选择"视图"菜单中的"Web 版式"命令可切换到 Web 版式视图。

在 Web 版式视图中，可以创建能显示在屏幕上的 Web 页或文档。在 Web 版式视图中，可看到背景和为适应窗口而换行显示的文本，且图形位置与在 Web 浏览器中的位置一致。

（4）普通视图

在普通视图中可以输入、编辑和设置文本格式。普通视图可以显示文本格式，但简化了页面的布局，所以可便捷地进行输入和编辑。在普通视图中，不显示页边距、页眉和页脚、背景、图形对象以及没有设置为"嵌于文字所在层"环绕方式的图片。

（5）Web 页预览

选择"文件"→"Web 页预览"命令可切换到 Web 页预览。

Web 页预览显示了文档在 Web 浏览器中的外观。Microsoft Word 先保存文档的副本，然后用默认浏览器打开文档。如果 Web 浏览器没有运行，Word 会自动启动它。可随时返回 Word 文档。

（6）打印预览

单击"常用"工具栏上的"打印预览"按钮可切换到打印预览视图。

在打印预览中，可以通过缩小尺寸显示多页文档。还可以看到分页符、隐藏文字以及水印，还可在打印前编辑和改变格式。

6. 字体和段落的格式设置

所谓字体是指文字的各种不同形体，如汉字的楷书、行书、草书，印刷的黑体等。Word 提供了多种漂亮的字体。

要设置字体，首先选定要修改的文字。单击"格式"工具栏的"字体"下拉箭头，从弹出的下拉列表框中选择所需字体，即完成字体设置。

在 Word 中，段落是一个文档的基本组成单位。段落可由任意数量的文字、图形、对象（如公式、图表）及其他内容所构成。每次按【Enter】键时，就插入一个段落标记，表示一个段落的结束，同时也标志另一个段落的开始。

Word 可以快速方便地设定或改变每一段落的格式，其中包括段落对齐方式、缩进设置、分页状况、段落与段落的间距以及段落中各行的间距等。

三、实验示例

在学习过程中，我们经常要写一些论文，通常一篇论文应该包括两个层次的含义：内容与表现，内容是指文章作者用来表达自己思想的文字、图片、表格、公式及整个文章的章节段落结构等，表现则是指论文页面大小、边距、各种字体、字号等。

对于论文的写作学生大部分都能轻松面对。而其格式的要求往往让学生花费很多时间。也就是说论文"表现"的编辑，是一个非常费时费力的工作。如果在写论文之前，做了各方面的准备，并按照一定的规律来编写和排列，那么就会起到事半功倍的效果；否则，则会给你带来无穷无尽的修改、反复。因此，本书将主要以论文的编排为主题，演示 Word 的具体应用。

在 Word 的空白文档中输入以下内容，选择"文件"菜单中的"另存为"命令保存。

第一章　绪论

1.1　研究背景

多媒体计算机技术是利用计算机综合处理多种媒体信息（文本、图形、图像、动画、音频、视频等），使多种信息建立逻辑连接，集成为一个系统并具有交互性。多媒体教学，是指在教学活动中利用计算机多媒体技术，展示文字、图形、图像、音频、动画、视频等不同形态的信息，从而丰富教学内容，增加教学的密度和容量，创造出知识来源多样化的教育环境，使课堂突破了时空限制，为课堂教学提供了传统教学手段不可比拟的条件。

……

我校多媒体教学发展至今已初具规模，共建设多媒体教室 99 间，为进一步推进我校现代教育技术手段的应用，提高多媒体教学效果，保证多媒体教学的健康发展，目前一个十分迫切的任务就是对多媒体教学进行评价。

多媒体教学是近期发展起来的新事物，这方面的经验还很少，加之影响多媒体教学的因素很多，各个因素之间又互相影响，所以不易评价。但是，对多媒体教学的评价确实是一个十分迫切的任务，是影响多媒体教学发展的瓶颈问题，这个问题不解决，多媒体教学的建设就带有盲目性，多媒体教学的目标就不明、方向就不清，就会影响多媒体教学的健康发展。

……

通过评价，我们希望得出多媒体教学与非多媒体教学相比有哪些优势、优势在那里、不足又是什么这样的结果，从而保证多媒体教学的健康发展。论文希望通过对学校多媒体教学实践的总结，对现行多媒体教学中存在的一些问题进行讨论，从而给多媒体教学一个合理定位，充分发挥多媒体教学的功能与作用，提高课堂效率与授课水平。

1.2　研究现状

教学的目的在于使学生掌握知识、形成能力进而使自身的素质得以提高。现代教育观念正是从学生这一主体出发，强调能力发展的重要性，即教师成为引导学生、促进学生学习的人。通过教学评价这就要求我们的教师不断地学习和掌握新的知识，更新教育理念，提高自身的素

质和能力。教师只有具备较强的分析能力、创新意识和评价决策水平，才能适应 21 世纪信息化社会对教育及人才培养的要求。

内容输入并保存好后，下面主要是进行格式的设置，文章的样例如图 3-2 所示。

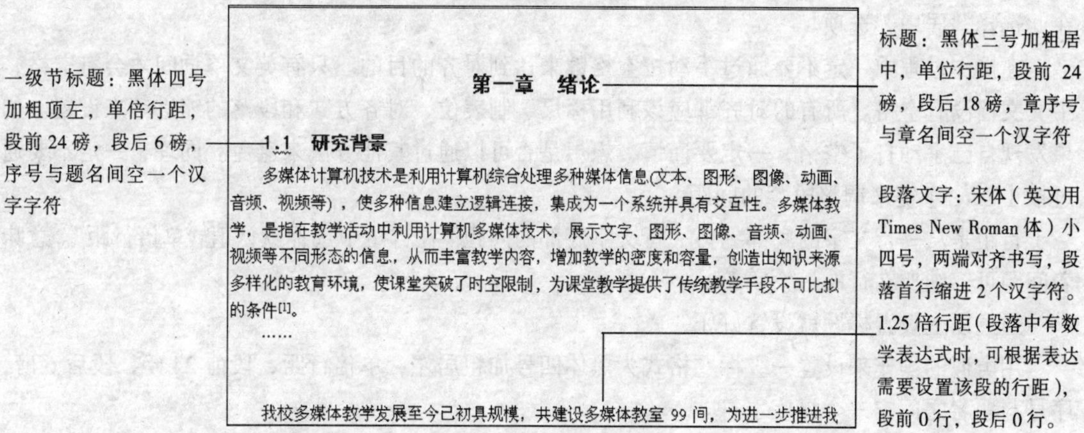

一级节标题：黑体四号加粗顶左，单倍行距，段前 24 磅，段后 6 磅，序号与题名间空一个汉字字符

第一章　绪论

1.1　研究背景

多媒体计算机技术是利用计算机综合处理多种媒体信息(文本、图形、图像、动画、音频、视频等)，使多种信息建立逻辑连接，集成为一个系统并具有交互性。多媒体教学，是指在教学活动中利用计算机多媒体技术，展示文字、图形、图像、音频、动画、视频等不同形态的信息，从而丰富教学内容，增加教学的密度和容量，创造出知识来源多样化的教育环境，使课堂突破了时空限制，为课堂教学提供了传统教学手段不可比拟的条件[1]。

……

我校多媒体教学发展至今已初具规模，共建设多媒体教室 99 间，为进一步推进我

标题：黑体三号加粗居中，单位行距，段前 24 磅，段后 18 磅，章序号与章名间空一个汉字符

段落文字：宋体（英文用 Times New Roman 体）小四号，两端对齐书写，段落首行缩进 2 个汉字符。1.25 倍行距（段落中有数学表达式时，可根据表达需要设置该段的行距），段前 0 行，段后 0 行。

图 3-2　格式设置样例

首先要对不同段落设置不同的格式。

下面来设置标题格式。在这里设置标题格式为：黑体三号加粗居中，单倍行距，段前 24 磅，段后 18 磅，章序号与章名之间空一个汉字符。

为此，首先设置标题的字符格式，先选定该标题，再选择"格式"菜单中的"字体"命令，弹出"字体"对话框，如图 3-3 所示。默认选项卡为"字体"，单击所需字体的名称"黑体"，设置"字号"为"三号"，"字形"选择"加粗"。

再选择"格式"菜单中的"段落"命令，打开如图 3-4 所示的对话框，选择"缩进和间距"选项卡。

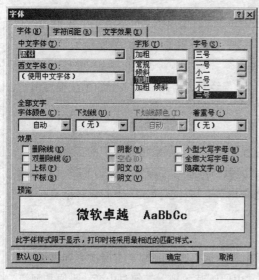

图 3-3　字体设置对话框

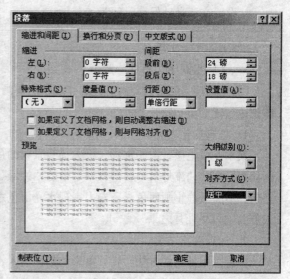

图 3-4　段落设置对话框

"缩进"选项组决定段落到左或右页边距的距离。标题这里设置为"无缩进"。

在"间距"选项组中，选择段前 24 磅，段后 18 磅。

水平对齐方式决定段落边缘的外观和方向：左对齐、右对齐、居中或两端对齐（两端对齐：调整文字的水平间距，使其均匀分布在左右页边距之间。两端对齐使两侧文字具有整齐的边缘）。在此选择"居中"选项。

在操作过程中一定不要通过手动按空格键来达到对齐的目的。只有英文单词间才会有空格，中文文档没有空格。所有的对齐都应该利用标尺、制表位、对齐方式和段落的缩进等来设置。如果发现自己手动打了空格，一定要谨慎，想想是否可以通过其他方法来避免。同理，一定不要通过按【Enter】键来调整段落的间距。

行距是从一行文字的底部到另一行文字底部的间距。在行距中选择默认值"单倍行距"。意味着间距可容纳所在行的最大字符。

通过以上设置标题就设置好了。

用类似的操作来设置一级标题格式为黑体四号加粗居左，单倍行距，段前 24 磅，段后 6 磅，序号与题名之间空一个汉字字符。

同时设置段落格式为宋体（英文用 Times New Roman 字体）小四号，两端对齐书写，段落首行缩进 2 个汉字字符。1.25 倍行距（段落中有数学表达式时，可根据表达需要设置该段的行距），段前 0 行，段后 0 行。

通过以上设置，就设置好了论文的主要格式。

四、上机实验

① 输入以下内容，把它保存在 D 盘中用自己的名字命名的文件夹中，文档名为"实验一"。（学生根据实际的上机环境按老师要求进行保存文件）

② 掌握文本的输入、插入、删除、修改、复制及移动。

③ 掌握文本的查找、替换。查找出所有"滕王阁序"出现的位置。

④ 设置文章自动保存时间为 5 分钟。

《滕王阁序》赏析

一、《滕王阁序》写景"四美"

《滕王阁序》的写景颇有特色，作者精心勾画，苦苦经营，运用灵活多变的手法描写山水，体现了一定的美学特征。

1. 色彩变化之美

文章不惜笔墨，浓墨重彩，极力描写景物的色彩变化。如"紫电清霜"中的"紫电"，"飞阁流丹"中的"流丹"，"层峦耸翠"中的"耸翠"，尤其"潦水尽而寒潭清，烟光凝而暮山紫"一句，不囿于静止画面色彩，着力表现水光山色之变化，上句朴素淡雅，下句设色凝重，被前人誉为"写尽九月之景"之句。

2. 远近变化之美

作者采用恰当的方法，犹如电影的拍摄技术，由近及远，构成一幅富有层次感和纵深感的全景图。"鹤汀凫渚"四句写阁四周景物，是近景；"山原旷其盈视"二句写山峦、平原和河流、湖泽，是中景；"虹销雨霁"以下则是水田浩渺的远景。这种写法，把读者带进了如诗如画的江南胜境，读者和景物融为一体，人在景中，景中有人。

3. 上下浑成之美

"层峦耸翠"四句，借视角变化，使上下相映成趣，天上地下，城里城外，相与为一，不可分离，体现了作者整齐划一的审美观。而"落霞与孤鹜齐飞，秋水共长天一色"更是写景名句，水天相接，浑然天成，构成一幅色彩明丽的美妙图画。

4. 虚实相衬之美

"渔舟唱晚"四句，即凭借听觉联想，用虚实手法传达远方的景观，使读者开阔眼界，视通万里。实写虚写，相互谐调，相互映衬，极尽铺叙写景之能事。

二、《滕王阁序》的用典

1. 言简意赅，含蓄有味——明用

所谓明用，就是用典故的字面意思，并将其所具有的特殊含义加以扩大，变为泛指。《滕王阁序》中的"物华天宝，龙光射牛斗之虚；人杰地灵，徐孺下陈蕃之榻"，"紫电青霜，王将军之武库"，"天柱高而北辰远"等句中的用典即属明用典故。

2. 隐括旨义，旨冥句中——暗用

暗用指引典不直录原文，而化成自己的语言，使典故贴近语境，又不违原意，起到恰当而曲折地表达作者思想感情的效果。《滕王阁序》中的"冯唐易老，李广难封，屈贾谊于长沙，非无圣主；窜梁鸿于海曲，岂乏明时"，"酌贪泉而觉爽，处涸辙以犹欢"，"孟尝高洁，空余报国之情；阮籍猖狂，岂效穷途之哭"等句的用典即属暗用典故。

3. 说古喻今，比况自身——化用

化用即点化后使用。这是一种作者将叙事详备、文字较长的事典合理化简点睛，以简驭繁地表达情感的用典方法。《滕王阁序》中"杨意不逢，抚凌云而自惜；钟期既遇，奏流水以何惭"句即属典故的化用。

4. 多典浓缩，加强效果——连用

连用是指作者为了加强表达效果而在一句之中驱遣几个典故来表达思想感情的用典方式。《滕王阁序》中典故连用的句子较多，下面仅举一例："非谢家之宝树，接孟氏之芳邻。他日趋庭，叨陪鲤对；今兹捧袂，喜托龙门"句中连用 4 个典故，表明作者幸蒙阎公垂青，得以即席命笔，施展才华的感激之情。

三、心声

总之，《滕王阁序》一文的写景颇具匠心，字字珠玑，句句生辉，章章华彩，一气呵成，使人读完后犹如身临江南水乡，难怪韩愈情不自禁地称赞说："江南多临观之类，而滕王阁独为第一。"

⑤ 对输入的内容进行排版。

章标题：三号宋体（页首居中，加粗，前后空一行）。

节标题：四号宋体(加粗，居中，前后空一行)。

小节标题：小四（加粗，左对齐，前后空一行）。

图表标题：小五黑体，居中。

正文：五号宋体（首行缩进两个汉字，单倍行距）。

实验二　Word 的版面设计

一、实验目的

① 掌握 Word 2000 样式的操作。
② 掌握 Word 2000 参考文献的引用。
③ 掌握图表和公式的自动编号。
④ 掌握目录的自动生成。
⑤ 掌握 Word 2000 页眉、页脚的设置。

二、知识要点

1. 样式

所谓样式，就是系统或用户定义并保存的一系列排版格式，包括字体、段落的对齐方式、制表位和边距等。重复地设置各个段落的格式不仅烦琐，而且很难保证段落的格式完全相同。使用样式不仅可以轻松快捷地编排具有统一格式的段落，而且可以使文档格式严格保持一致。样式实际上是一组排版格式指令，因此，在编写一篇文档时，可以先将文档中要用到的各种样式分别加以定义，使之应用于各个段落。

2. 目录

目录是文档中标题的列表。可以通过目录来浏览文档中讨论了哪些主题。如果为 Web 创建了一篇文档，可将目录置于 Web 框架中，这样就可以方便地浏览全文了。

可以使用 Microsoft Word 中的内置标题样式和大纲级别格式来创建目录。如果想使用自己的标题格式，则可以应用自定义标题样式。若要用其他的选项来自定义目录，可使用域。例如，可以使用域来省略一部分目录的页码。

在指定了要包含的标题之后，可以选择一种设计好的目录格式并生成最终的目录。生成目录时，Word 会搜索指定标题，按标题级别对它们进行排序，并将目录显示在文档中。

3. 页眉和页脚

页眉和页脚是文档中每个页面页边距的顶部和底部区域。可以在页眉和页脚中插入页码、日期、公司徽标、文档标题、文件名或作者名等，这些信息通常被打印在文档中每页的顶部或底部。

选择"视图"→"页眉和页脚"命令，可以在光标处输入页眉的内容，单击"页眉和页脚"对话框中的"在页眉的页脚间切换"按钮，可以设置页脚。

4. 编号和项目符号

Microsoft Word 可以在用户输入的同时自动创建项目符号和编号列表，也可以在文本的原有行中添加项目符号（项目符号：放在文本（如列表中的项目）前以添加强调效果的点或其他符号）和编号。

5. 脚注和尾注

脚注和尾注用于在打印文档中为文档中的文本提供解释、批注以及相关的参考资料。可用脚注对文档内容进行注释说明，而用尾注说明引用的文献。

三、实验示例

1. 样式的使用

我们可以回想一下前面运用 Word 工作时的情形，除了文档的录入之外，大部分时间都花在文档的修饰上。一个段落设置好后，后面又有可能有相同格式的段落等待设置，如果是通过选中文字后用格式刷来设定格式的，一定要注意，想想其他地方是否需要相同的格式。而样式则正是专门为提高文档的修饰效率而提出的。花些时间学习好样式，可以使工作效率成倍提高、节约大量的时间。定义好一个样式后，对于相同排版的内容一定要坚持使用统一的样式，这样做能大大减少工作量和出错机会。如果要对排版格式（文档表现）做调整，只需一次性修改相关样式即可。使用样式的另一个好处是可以由 Word 自动生成各种目录和索引。

编写论文，一定要使用样式，除了 Word 原先所提供的标题、正文等样式外，还可以自定义样式。

要创建一个新样式，在"样式"对话框中，单击"新建"按钮，弹出如图 3-5 所示的对话框，在"名称"文本框中输入样式的名称。在"样式类型"下拉列表框中可以选择新样式是应用于段落，还是应用于字符。单击"格式"按钮，弹出一个有字体、段落、制表位、边框等多个选择项的下拉列表，从中选择某一项，可弹出相应对话框用于对新建样式做格式设定。

在一般情况下，不论撰写学术论文还是学位论文，相应的杂志社或学位授予机构都会根据其具体要求，给论文撰写者一个清楚的格式要求。比如，要求宋体、小四、行间距 17 磅等。这样，论文的撰写者就可以在撰写论文前对样式进行一番设定，这样就可以很方便地编写论文。把光标定位到要设置样式的段落，单击工具栏上的"样式"下拉列表框，选择相应的格式（见图 3-6），即可设置好该段落的格式。

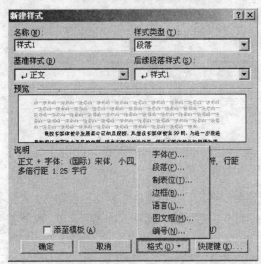

图 3-5 "新建样式"对话框

图 3-6 工具栏上的"样式"下拉列表框

2. 参考文献的引用

写论文时，参考文献的引用是一件很麻烦的事，每个杂志要求的文献格式是不一样的，包括在文章中插入的方法和在文章后面排列的格式和顺序等都不同。根据排列顺序，主要分为两种：一是按插入顺序排序，二是按作者的姓名排序。如果是按作者姓名排序，文章内容如果要改动（包括移动、插入或删除），对参考文献在最后的排序影响不大，编号也好改。但如果是按插入顺序排序，则文章如有改动，参考文献的增删和重新排序的工作就会变得很烦琐，而且容易出错。论文在这方面的要求很严格，把参考文献的格式作为笔者是否认真的一个重要衡量标准。所以，参考文献是写论文时不容忽视的一个环节。

如果在写论文时才想到要整理参考文献，就已经太迟了，但总比论文写到参考文献那一页时才去整理要好。应该养成看文章的同时就整理参考文献的习惯。手工整理参考文献是很痛苦的，而且很容易出错。Word 没有提供管理参考文献的功能，其实只要简单地用 Word 的插入尾注的功能就能很好地解决按插入顺序论文中参考文献排序的问题。具体方法如下：

光标移到要插入参考文献的地方，选择"插入"→"脚注和尾注"命令，如图 3-7 所示。

在对话框中选中"尾注"单选按钮，编号方式选"自动编号"，所在位置建议选择"文档结尾"。如"自动编号"后不是阿拉伯数字，单击右下角的"选项"按钮，弹出如图 3-8 所示的对话框，在"编号格式"下拉列表框中选择阿拉伯数字。

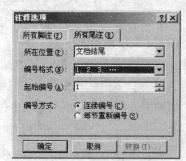

图 3-7　"脚注和尾注"对话框　　　　图 3-8　"注释选项"对话框

确定后在该处就插入了一个上标"1"，而光标自动跳到文章最后，前面就是一个上标"1"，如图 3-9 所示，这就是输入第一个参考文献的地方。

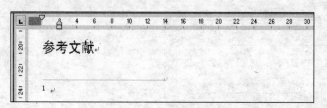

图 3-9　插入参考文献的地方

将文章最后的上标"1"的格式改成正常（记住是改格式，而不是将它删掉重新输入，否则参考文献以后就是移动的位置，这个序号也不会变），再在它后面输入所插入的参考文献，格式按要求来设置，如图 3-10 所示。

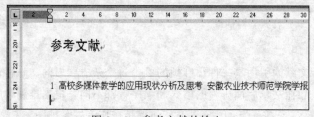

图 3-10　参考文献的输入

对着参考文献前面的"1"双击，光标就回到了文章内容中插入参考文献的地方，光标指向 1，可以显示参考文献的名称等，并可以继续写文章了。

在下一个要插入参考文献的地方再次按以上方法插入尾注，就会出现一个"2"（Word 已经自动为用户排序了），继续输入所要插入的参考文献。

所有文献都引用完后，在第一篇参考文献前面会出现一条短横线（在页面视图里才能看到），如果参考文献跨页了，在跨页的地方还有一条长横线，这些线无法选中，也无法删除。这是尾注的标志，但一般科技论文格式中不能有这样的线，所以一定要把它们删除。

切换到普通视图，选择"视图"菜单中的"脚注"命令，这时最下方出现了尾注的编辑栏，如图 3-11 所示。

在尾注右边的下拉列表框中选择"尾注分隔符"选项，这时那条短横线出现了，选中它，删除。

再在下拉列表框中选择"尾注延续分隔符"选项，这时那条长横线出现了，选中它，删除。

切换回页面视图，参考文献插入已经完成了。这时，无论文章如何改动，参考文献都会自动地排好序。如果删除了，后面的参考文献也会自动消失，绝不会出错。在写作中，参考文献越多，这种方法的优势就显得越大。

有时也会存在一些小问题：也就是如果同一个参考文献在两处被引用，只能在前一个引用的地方插入尾注，不能同时都插入。这样改动文章后，后插入的参考文献的编号不会自动改动。要解决这个问题其实也不难，具体操作是：

单击要插入对注释引用的位置。

选择"插入"菜单中的"交叉引用"命令，打开"交叉引用"对话框，如图 3-12 所示。

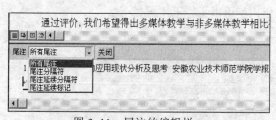

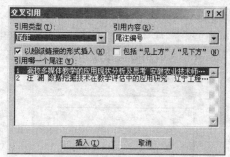

图 3-11　尾注的编辑栏　　　　　　　图 3-12　"交叉引用"对话框

在"引用类型"下拉列表框中选择"脚注"或"尾注"选项。

在"引用哪一个脚注"或"引用哪一个尾注"列表框中选择要引用的注释。

在"引用内容"下拉列表框中选择"脚注编号"或"尾注编号"选项。

单击"插入"按钮，然后单击"关闭"按钮。

不过得注意：Word 插入的新编号实际上是对原引用标记的交叉引用。如果添加、删除或移动了注释，Word 将在打印文档或选定交叉引用编号后按【F9】键时更新交叉引用编号。如果不容易只选定交叉引用编号，可连同周围的文字一起选定，然后按【F9】键。

3．图表和公式的自动编号

一定不要自己输入编号，推荐使用交叉引用，否则手动输入的编号极可能给文章的修改带来无穷的后患。标题的编号可以通过设置标题样式来实现，表格和图形的编号通过设置题注的编号来完成。在写"参见第 X 章、如图 X 所示"等字样时，不要自己输入编号，应使用交叉引用。

在论文中，图表和公式要按在章节中出现的顺序分章编号，例如图 1-1，表 2-1，公式 3-4 等。在插入或删除图、表、公式时编号的维护就成为一个大问题，比如若在第二章的第一张图（图 2-1）前插入一张图，则原来的图 2-1 变为图 2-2，图 2-2 变为图 2-3，……，更糟糕的是，文档中还有很多对这些编号的引用，比如"流程图见图 2-1"。如果图很多，引用也很多，想象一下，手工修改这些编号是一件多么费劲的事情，而且还容易遗漏！表格和公式存在同样的问题。

能不能让 Word 对图表公式自动编号，在编号改变时自动更新文档中的相应引用？答案是肯定的！下面以图的编号为例说明具体的做法。按照论文格式要求，第一章的图编号格式为"图 1-X"。

将图插入文档中后，选中新插入的图，在"插入"菜单中选择"题注"命令，在弹出的对话框中，单击"新建标签"按钮，新建一个标签"图 1-"，编号格式为阿拉伯数字（如果不是单击"编号"按钮修改），位置为所选项目下方，单击"确定"按钮后 Word 就插入了一个文本框在图的下方，并插入标签文字和序号，此时可以在序号后输入说明，比如"数据挖掘流程图"，还可以移动文本框的位置，改动文字的对齐方式等。再次插入图时题注的添加方法相同，不同的是不用新建标签了，直接选择就可以了。Word 会自动按图在文档中出现的顺序进行编号。

在文档中引用这些编号时，比如"如图 1-1 所示"，分两步做。插入题注之后，选中题注中的文字"图 1-1"，在"插入"菜单中选择"书签"命令，弹出如图 3-13 所示的对话框，输入书签名，单击"添加"按钮，这样就把题注文字"图 1-1"做成了一个书签。在需要引用它的地方，将光标放在插入的地方（上例中是"如"字的后面），在"插入"菜单中选择"交叉引用"命令，弹出如图 3-14 所示的对话框，"引用类型"选择"书签"，"引用内容"为"书签文字"，选择刚才输入的书签名后单击"插入"按钮，Word 就将文字"图 1-1"插入到光标所在的地方。在其他地方需要再次引用时直接插入相应书签的交叉引用就可以了，不用再做书签。

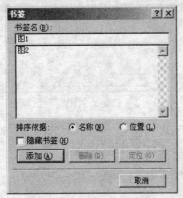

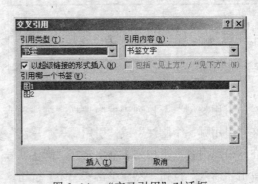

图 3-13　"书签"对话框　　　　　图 3-14　"交叉引用"对话框

至此就实现了图的编号的自动维护，当在第一张图前再插入一张图后，Word 会自动把第一张图的题注"图 1-1"改为"图 1-2"，文档中的"图 1-1"也会自动变为"图 1-2"。

表格编号的做法与图相同，唯一不同的是表格的题注在表格上方，且要求左对齐。

公式的编号略有不同，插入公式后，将公式单独放在一个段落，版式为"嵌入式"（Word 默认），光标放在公式之后，不要（注意是"不要"）选中公式，在"插入"菜单中选择"题注"命令，由于没有选中项目，因而"位置"一项为灰色，新建标签"公式 1-"，单击"插入"按钮，

Word 就将标签文字和自动产生的序号插入到光标所在位置。在文档中引用公式编号的方法与图相同，此处不在赘述。公式的编号要求在右边行末，具体的方法是用"制表位"。

应该注意的几个事项：

① 在题注中新建标签时，Word 会自动在标签文字和序号之间加一个空格，看起来不那么舒服，可以在插入题注后将空格删除，然后再将文字做成书签。

② 书签名最好用图（表、公式）的说明文字，尽量做到见名知"图"。

③ 图（表、公式）的编号改变时，文档中的引用有时不会自动更新，可以右击引用文字，在弹出的快捷菜单中选择"更新域"命令。关闭文档再打开 Word 后会更新所有的域。

这样做以后，当插入或删除新的内容时，所有的编号和引用都将自动更新，无需人力维护，并且可以自动生成图、表目录。

4. 编制目录

目录通常是长文档不可缺少的部分，有了目录，用户就能很容易地知道文档中有什么内容，如何查找内容等。Word 提供了自动生成目录的功能，使目录的制作变得非常简便，而且在文档发生改变以后，还可以利用更新目录的功能来适应文档的变化。如何把章节抽出来生成目录呢？下面具体介绍一下操作。

Word 一般是利用标题或者大纲级别来创建目录的。因此，在创建目录之前，应确保希望出现在目录中的标题应用了内置的标题样式（标题 1 到标题 9）。也可以应用包含大纲级别的样式或者自定义的样式。如果文档的结构性能比较好，创建出合格的目录就会变得非常快速简便。

（1）从标题样式创建目录

① 把光标移到要拖入目录的位置。

② 选择"插入"→"索引和目录"命令，在弹出的"索引和目录"对话框中选择"目录"选项卡，如图 3-15 所示。

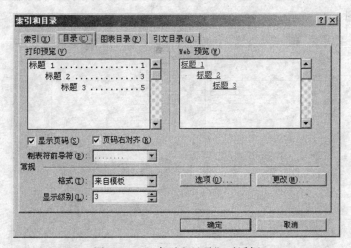

图 3-15　"索引和目录"对话框

③ 在"格式"下拉列表框中选择目录的风格，选择的结果可以通过"打印预览"列表框来查看。如果选择"来自模板"选项，标识使用内置的目录样式（目录 1 到目录 9）来格式化目录。

如果要改变目录的样式，可以单击"更改"按钮，按更改样式的方法修改相应的目录样式。

（2）从其他样式创建目录

如果要从文档的不同样式中创建目录，例如，不需要根据"标题1"到"标题9"的样式来创建目录，而是根据自定义的"样式1"到"样式3"的样式来创建目录，操作步骤如下：

① 将光标移到要插入目录的位置。

② 打开如图3-15所示的对话框，然后单击"选项"按钮，弹出如图3-16所示的"目录选项"对话框。

③ 在"有效样式"列表框中找到标题使用的样式，然后在"目录级别"文本框中指定标题的级别。如果不想用某一样式，要删除"目录级别"文本框中的数字。例如，用户可以删除标题1、标题2和标题3后面的"目录级别"中的数字。

④ 单击"确定"按钮，返回到"索引和目录"对话框。

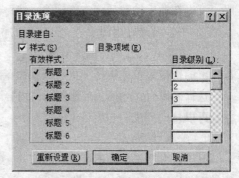

图3-16 "目录选项"对话框

⑤ 在"索引和目录"对话框中选择合适的选项后单击"确定"按钮。

（3）创建图表目录

图表目录也是一种常用的目录，可以在其中列出图片、图表、图形、幻灯片或其他插图的说明，以及它们出现的页码。在建立图表目录时，用户可以根据图表的题注或者自定义样式的图表标签，并参考页序按照排序级别排列，最后在文档中显示图表目录。

使用题注组织目录的方法如下：

① 确保文档中要建立图表目录的图片、表格、图形加有题注。

② 将光标移到要插入图表目录的地方。

③ 选择"插入"→"索引和目录"命令，在弹出的"索引和目录"对话框中选择"图表目录"选项卡，如图3-17所示。

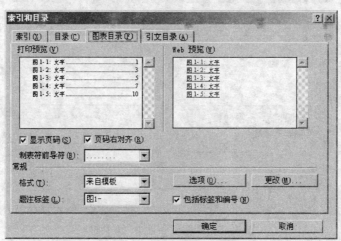

图3-17 "图表目录"选项卡

④ 在"题注标签"下拉列表框中选择要建立目录的题注，如图表、公式、表格等。

⑤ 在"格式"下拉列表框中选择一种目录格式，其他选项与创建一般目录一样，确定后单

击"确定"按钮。

在检查图表目录后，当将鼠标移到目录项目上时，鼠标指针会变为手形，单击即可跳转到相应的位置。

（4）更新目录

Word 所创建的目录是以文档的内容为依据，如果文档的内容发生了变化，如页码或者标题发生了变化，就要更新目录，使它与文档的内容保持一致。最好不要直接修改目录，因为这样容易引起目录与文档的内容不一致。

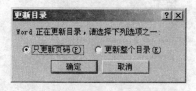

图 3-18 "更新目录"对话框

在创建了目录后，如果想改变目录的格式或者显示的标题等，可以再执行一次创建目录的操作，重新选择格式和显示级别等选项。执行完操作后，会弹出一个对话框，如图 3-18 所示，询问是否要替换原来的目录，单击"是"按钮替换原来的目录即可。

如果只是想更新目录中的数据，以适应文档的变化，而不是要更改目录的格式等项目，可以对着目录右击，在弹出的快捷菜单中选择"更新域"命令即可。也可以选择目录后，按【F9】键更新域。

5. 页眉和页脚

要设置页眉，把光标定位到要设置的页面，选择"视图"菜单中的"页眉和页脚"命令，弹出如图 3-19 所示的对话框，同时，页眉和页脚工具栏也出现在此，输入定义的页眉，然后单击"页眉和页脚"工具栏中的"在页眉和页脚间切换"按钮，如图 3-20 所示，切换到页脚，输入的方法类似页眉。

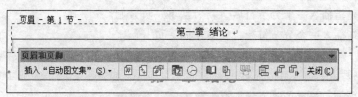

图 3-19 页眉的设置

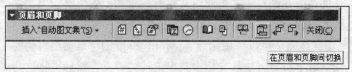

图 3-20 "在页眉和页脚间切换"按钮

如果在 Word 文档中创建了页眉、页脚，那么在默认情况下，一篇文章从头到尾的页眉页脚都是一样的。但有时，还需要根据不同的章节内容而设定不同的页眉页脚。有的朋友将不同的章节分别保存成不同的文件，然后再分别给每个文件设定不同的页眉页脚，这样做起来很麻烦。更简单的方法是在文章中插入不同的分节符来分隔。

下面就来介绍具体的操作方法。本例中是将第一章的页眉设为"绪论"，第 2 章开始再按具体的章节内容分别设为"粗糙集理论"…… 等不同的页眉内容。具体步骤如下：

① 用 Word 打开文件，此时先不要急着设置页眉，而是将光标分别定位于每个需要使用新页眉的位置，然后选择"插入"→"分隔符"命令，如图 3-21 所示。选中"分节符类型"选项组中的"下一页"单选按钮后单击"确定"按钮，并以此为例对整份文件进行分节处理。

② 等整个文章分好节以后，就可以选择"视图"菜单中的"页眉和页脚"命令进入页眉编辑模式了，按要求输入好首页页眉。

③ 再从"页眉和页脚"工具栏中单击"显示下一项"按钮，跳转到下一节的页眉处，如图3-22所示。这时会发现，此时的页眉处已和图有所不同，不仅节码由第 1 节变成了第 2 节，而且右上角也多出了一个"与上一节相同"的字样。此时，应该单击"页眉和页脚"工具栏中的"链接到前一个"按钮切断第 2 节与前一节的页眉内容联系，然后再输入第 2 节的页眉。

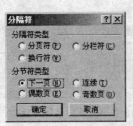 

图 3-21　插入"分隔符"　　　　　图 3-22　根据不同的章节内容设定不同的页眉页脚

剩下的工作依此类推，每完成一个章节的页眉后就单击一下"显示下一项"和"链接到前一个"按钮，再对下一章节进行设置，直到完成整个文章的编排。

这种方法操作快速，而且所有的页眉均保存在同一个文件中，也方便进行存档。同时，页脚也支持这种多级设定，具体操作方法与页眉相似，不再赘述。

Word 共支持 4 种分节符，分别是"下一页"、"连续"、"奇数页"和"偶数页"，它们之间有什么区别呢？

"下一页"：是指插入一个分节符后，新节从下一页开始。

"连续"：是指插入一个分节符后，新节从同一页开始。

"奇数页"或"偶数页"：是指插入一个分节符后，新节从下一个奇数页或偶数页开始。

6. 摘要的书写

在平时的工作中，很多学术论文大多需要配置一个摘要，摘要实际上就是论文正文开始之前的一个内容简介，让阅读者在浏览正文之前对文章有一个初步的了解，因此，摘要的书写非常重要。我们一般在电脑上完成论文后，再手工对源文档进行分析、提炼，然后再整理成摘要。其实，如果使用 Word 撰写论文，完全可以"偷偷懒"。Word 2000 的"自动编写摘要"功能可以自动概括文档要点，它采用统计分析等方法从文档中找出论述的要点，然后再将这些要点集中到一起即成为摘要。由于 Word 既可将摘要单独汇编成文，也可将它们放在源文档中突出显示，其详略程度也可任意进行调整，所以这将大大减轻工作量。具体操作如下：

（1）启动"自动编写摘要"功能

Word 97/2000/XP/2003 均支持此项功能，用 Word 打开需要编辑的论文后，在"工具"菜单中选择"自动编写摘要"命令即可弹出如图 3-23 所示的对话框。如果安装的不是 Word 的完整版，系统会提示放入 Office 的安装盘进行此功能项的安装。

（2）功能设置简介

Word 本身提供了 4 种不同类型的摘要可供选择。下面分别说明。

① 突出显示要点：选择该项的话，Word 将对论文进行分析摘录，将其中的中心句和关键词语用反白形式在原文档中突出显示。它的特点是：简明扼要，突出重点。

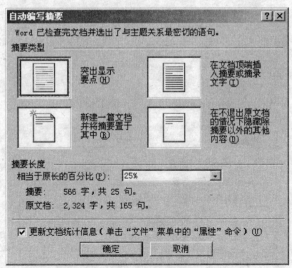

图 3-23　"自动编写摘要"对话框

② 在文档顶端插入摘要或摘录文字：由 Word 自动摘录论文要点，并将摘要自动放置于论文之前，正文部分保持不变。客观存在的特点是：大部分论文都采用了这种格式。

③ 新建一篇文档并将摘要置于其中：用摘录的关键词句自动生成一篇新文档。特点是原文档无任何形式的改变。

④ 在不退出原文档的情况下隐藏除摘要以外的其他内容：将 Word 搜索到的关键语句和重点词语单独留下，自动隐藏文档中的其他内容。其特点是更适合阅读长篇文档，文章的主要观点一目了然。

（3）细节设置

在论文摘要类型设置完成之后，就需要对论文摘要的细节进行调整了。

在"摘要长度"选项组中可以设置论文摘要的长短；单击下拉箭头有三种选择：按句数、字数和所占的比例。

如果论文的每一个点比较集中，摘要文字在文中各段中分布较均匀，百分比可以取小些，如5%左右。如果比较分散，值可以取大些，如 15%。

（4）摘要的修改

如果选择的是第一种摘要，经过上述设置，感觉摘要还不直观，还可以在弹出的"自动编写摘要"的悬浮框上，直接调节左/右小箭头来逐渐减小/增大摘要的比例大小；而且同时还可以通过单击最左边的图标在"突出显示"和"只显示摘要"的效果切换中进行查看，这样很直观。设置完成后，单击"确定"按钮退出即可。

经过一番设置后，一篇精美的论文摘要就编写完成需要记住的是，用 Word 完成论文摘要的自动编写后，还需要润色，这样才能使其尽善尽美。

四、上机实验

① 把实验一对各段的设置定义为样式。

② 把《滕王阁赏析》分成三节，分别把其小节标题设置为页眉，页脚用于显示页码。

③ 生成《滕王阁赏析》目录，样式如图 3-24 所示。

《滕王阁序》赏析

目 录

一、《滕王阁序》写景“四美”……1
1.色彩变化之美……1
2.远近变化之美……1
3.上下浑成之美……1
4.虚实相衬之美……1
二、《滕王阁序》的用典……2
1.言简意赅，含蓄有味——明用……2
2.隐括旨义，旨冥句中——暗用……2
3.说古喻今，比况自身——化用……2
4.多典浓缩，加强效果——连用……2
三、心声……3

图 3-24 《滕王阁赏析》目录样例

④ 给《滕王阁赏析》中的小标题设置不同的项目符号，如图 3-25 所示。

一、《滕王阁序》写景“四美”	二、《滕王阁序》的用典
1. 色彩变化之美	■ 言简意赅，含蓄有味——明用
2. 远近变化之美	■ 隐括旨义，旨冥句中——暗用
3. 上下浑成之美	■ 说古喻今，比况自身——化用
4. 虚实相衬之美	■ 多典浓缩，加强效果——连用

图 3-25 《滕王阁赏析》项目符号样例

实验三 Word 的图形、表格的应用

一、实验目的

① 掌握 Word 2000 图形的应用。

② 掌握 Word 2000 表格的生成与应用。

③ 掌握 Word 2000 中公式的编写。

④ 了解 Word 2000 中的邮件合并。

二、知识要点

1. 图形

Word 不仅仅局限于对文字进行处理，而且可以对图片、表格以及绘图等进行处理，真正做到了“图文并茂”。常用的方法有以下几种。

（1）自选图形

Microsoft Word 附带了一组现成的可在文档中使用的自选图形。可以通过调整大小、旋转、翻转、设置颜色和组合椭圆和矩形等形状来制造复杂的形状。“绘图”工具栏上的“自选图形”菜单中包括几种类型的形状，例如，线条、基本形状、流程图元素、星与旗帜等。

（2）插入图片和剪贴画

Microsoft Word 在“剪辑库”中拥有一套自己的图片。“剪辑库”中有大量的剪贴画，使用这些专业设计的图像可以轻松地增强文档的效果。在“剪辑库”中，可以找到从风景背景到地图、

从建筑物到人物的各种图像。

（3）插入文本框

通过使用文本框可以为图形添加标注、标签和其他文字。插入文本框后，可以使用"绘图"工具栏来增强文本框的效果，就像增强其他图形对象的效果一样。也可以在自选图形中添加文字，将自选图形作为文本框使用。

2. 表格

表格由若干行和若干列组成，我们可以在表格的单元格（由工作表或表格中交叉的行与列形成的框，可在该框中输入信息）中填写文字和插入图片等。表格通常用来组织和显示信息。

（1）创建简单表格

要创建一个表格，单击要创建表格的位置，在"表格"菜单中选择"插入"→"表格"命令，打开"表格"对话框，在"表格尺寸"选项组中选择所需的行数和列数。

（2）绘制更复杂的表格

在实际应用中，常常需要绘制复杂的表格，例如，包含不同高度的单元格或每行包含不同列数的单元格。具体操作是单击要创建表格的位置，在"表格"菜单中选择"绘制表格"命令，打开"表格和边框"工具栏，指针变为笔形。要确定表格的外围边框，可以先绘制一个矩形。然后在矩形内绘制行、列框线。

3. 公式编辑器

利用 Microsoft 公式 3.0 可以在 Word 文档中加入分数、指数、积分及其他数学符号。要插入公式，生成数学公式，建议使用"公式编辑器"程序来创建公式。

进入 Microsoft 公式 3.0 工作环境后，在编辑区（虚框）中输入需要的文字，从"公式"工具栏上选择符号，输入变量和数字，以创建公式。在"公式"工具栏的上面一行，可以在 150 多个数学符号中进行选择。在下面一行，可以在众多的样板或框架（包含分式、积分和求和符号等）中进行选择。创建完公式之后，在编辑区以外单击即可把公式插入到文档中，并返回 Word 主窗口。如果以后要修改，双击公式即可对公式进行编辑。

三、实验示例

1. 剪贴画的处理

在使用过程中，可以使用两种基本类型的图形来增强 Microsoft Word 文档的效果：图形对象和图片。图形对象包括自选图形、图表、曲线、线条和艺术字图形对象。这些对象都是 Word 文档的一部分。使用"绘图"工具栏可以更改和增强这些对象的颜色、图案、边框和其他效果。

要插入"剪辑库"中的图片，首先单击要插入剪贴画或图片的位置，再单击"绘图"工具栏中的"插入剪贴画"按钮，弹出如图 3-26 所示的对话框，然后选择"图片"选项卡，单击所需类别，再单击所需图片，然后单击出现的菜单中的"插入剪辑"命令，如图 3-27 所示。使用完"剪辑库"之后，单击"剪辑库"标题栏上的"关闭"按钮。

在文档中插入剪贴画或图片后，会看到周围的正文和图片的位置被打乱了，如何控制文字和图片的位置呢？可以对图片进行格式设置，改变文字和图片的位置，也就是"文字环绕"格式。

图 3-26　"插入剪贴画"对话框

同学：你好！

暑假已经开始，现将[...]门功课的考试成[...]

英语		计算机

图 3-27　插入剪贴画后的页面

单击"图片"工具栏上的"文字环绕"按钮可以设置文字对图片的环绕效果，包括四周型、紧密型、嵌入型、无环绕、上下型等。

要设置图片或图形对象的文字环绕方式，可单击图片或图形对象，在"格式"菜单中选择与所选对象类型相对应的命令，然后选择"版式"选项卡，如图 3-28 所示，再单击所需的文字环绕方式。在这里选择"四周型"，结果如图 3-29 所示。

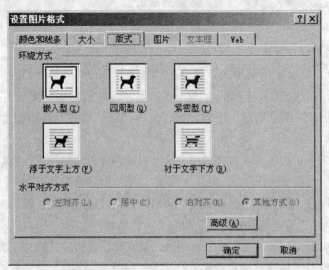

图 3-28　设置图片文字环绕方式

暑假已经开始，现将这个学期各门功课的考试成绩告知于你：

英语	语文	计算机

图 3-29 设置格式后的样式

2. 自选图形的应用

Word 的画图功能相当强。这里就用它来画一面五星红旗，如图 3-30 所示。

选择"插入"菜单中的的"图片"命令，选择自选图形，打开 "自选图形"工具栏中，如图 3-31 所示，单击"基本形状"中的"矩形"，拖动画出一个矩形。

图 3-30 五星红旗样例

图 3-31 自选图形中的"星与旗帜"

在矩形中间双击，打开"设置自选图形格式"对话框，在"大小"选项卡中把高度设为 16.66 厘米，宽度为 25 厘米；再切换到"颜色与线条"选项卡中，把"填充"颜色和"线条"颜色都设为红色如图 3-32 所示。

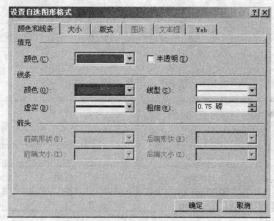

图 3-32 自选图形的格式设置

在"自选图形"工具栏中，单击"星与旗帜"中的五角星，在画好的旗面上，按住左键拖动画出 1 颗五角星，双击五角星中间，在打开的"设置自选图形格式"对话框中的"颜色和线条"选项卡中，把"填充"颜色和"线条"颜色都设为黄色；在"大小"选项卡中把高度设为 3 厘米，宽度也高为 3 厘米，这样就画好了大五角星。

右击大五角星，在弹出的快捷菜单中选择"复制"命令，再右击旗面空白地方，在弹出的快捷菜单中选择"粘贴"命令，复制出 1 颗五角星，再粘贴出 3 颗，这样就会出现 5 颗有一部分重叠的五角星。为了调整方便，按住左键把复制出的 4 颗星在旗面分别拖动一定距离。

双击复制出的 1 颗五角星中间，在"设置自选图形格式"对话框的"大小"选项卡中把高度设为 1 厘米，宽度为 1 厘米，旋转 246 度。

仿照此种方法，把第 2 颗小星高度设为 1 厘米，宽度为 1 厘米，旋转 261 度。第 3 颗小星高度设为 1 厘米，宽度为 1 厘米，旋转 288 度，"在画布上的位置"水平设为 5.5 厘米，垂直设为 3 厘米。第 4 颗小星高度设为 1 厘米，宽度为 1 厘米，旋转 313 度。

注意，这里"旋转的角度"是根据国旗上五角星分布和 4 颗小星必须有一角尖正对大五角星的中心点的要求计算出来的。

按住【Ctrl】键，再分别单击大小 5 颗五角星和红色旗面，把它们都选中，放开【Ctrl】键，把鼠标指针指向任意一颗五角星或旗面，右击，在弹出的快捷菜单中选择"组合"命令，把它们组合成一个整体，这样就不怕一不小心拖动了某颗星或旗面而打乱它们的排列了。

3. 邮件合并

"邮件合并帮助器"可引导用户组织地址数据、将其合并到通用文档中并打印生成的带有个人信息的文档。在工作中可以使用"邮件合并帮助器"来创建套用信函、邮件标签、信封或分类，下面来介绍一个成绩报告单的制作。

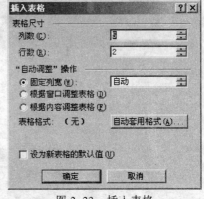

图 3-33　插入表格

在合并邮件之前，首先制作一个表格，录入学生的成绩，学生成绩表如表 3-1 所示。在"表格"菜单中选择"插入"→"表格"命令，弹出如图 3-33 所示的对话框，在"表格尺寸"选项组中，选择所需的行数和列数。在"'自动调整'操作"选项组中，选择调整表格大小的选项。然后在表格中输入学生成绩，并以文件形式保存在计算机中。

表 3-1　学生成绩表

姓　　名	英　语	语　文	计 算 机	姓　　名	英　语	语　文	计 算 机
张三丰	87	67	78	杨柳	90	67	56
谢意信	67	87	78	李小朋	65	90	75
王小强	89	70	83	丁小川	45	88	66
万国有	63	87	91				

在"工具"菜单中选择"信函与邮件"→"邮件合并帮助器"命令，打开如图 3-34 所示的对话框，按以下步骤进行操作：

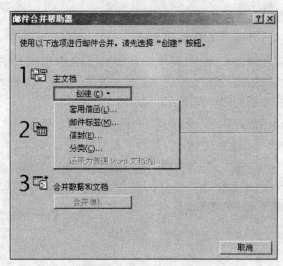

图 3-34　邮件合并帮助器

（1）打开或创建主文档

　　主文档中包括了要重复出现在套用信函、邮件标签、信封或分类中的通用信息，首先把成绩报告单的样式写好，如图 3-35 所示。选择主文档中的"创建"按钮列表中的套用信函，弹出如图 3-36 所示的对话框，单击"活动窗口"按钮。

图 3-35　主文档内容

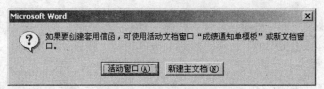

图 3-36　邮件合并主文档选择

（2）打开或创建数据源

　　数据源中包括了在各个合并文档中各不相同的数据，例如，套用信函中各收件人的姓名和地址。数据源可以是已有的电子表格、数据库或文本文件，也可以是用"邮件合并帮助器"创建的

Word 表格，这里使用前面已经生成的表格。

（3）在主文档中插入合并域（见图 3-37）

将数据源中的数据合并到主文档中。数据源中的每一行（或记录）都会生成一个单独的套用信函、邮件标签、信封或分类项。可以将合并文档直接发送到打印机、电子邮件地址或传真号码。也可将合并文档汇集到一个新文档中以便于以后审阅或打印。

如果要编辑合并的信函或将其保存起来以备以后使用，可以将它们收集到一个文档中。

在"合并"对话框中，如图 3-38 所示，执行下列操作之一，再单击"确定"按钮。

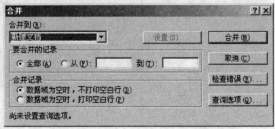

图 3-37　插入合并域　　　　　　　　　　图 3-38　邮件合并选择

若要合并所有文档，则选中"全部"单选按钮。

若仅合并在文档窗口中看到的文档，则选中"当前记录"单选按钮。

若要合并某范围内的文档，则选中"从"单选按钮，然后在"从"和"到"文本框中输入记录号码。

Microsoft Word 打开包含所有个人信函的新文档。可以将其保存起来以备以后使用，如常规文档一样。

注意：合并后的数据不是连续的，每一页只有一条记录，而我们需要的是连续的记录，没关系，在"文件"菜单中选择"页面设置"选项，弹出"页面设置"对话框，选择"版式"选项卡。单击"节的起始位置"下方的下拉箭头选择"接续本页"选项，在"应用于"下拉列表框中选择"整篇文档"选项，最后单击"确定"按钮。

4. 公式编辑器的使用

在实际应用过程中，我们经常会书写一些数学公式。Word 2000 中提供了功能强大的公式编辑器。可以从"公式编辑器"中的工具栏中建立复杂的公式。建立公式时，"公式编辑器"同时会根据数学方面的排字惯例自动调整字体大小、间距和格式，还可以在工作时调整格式设置并重新定义自动样式。

选择"插入"菜单中的"对象"命令，弹出"对象"对话框，如图 3-39 所示，单击"新建"选项卡中的"Microsoft 公式 3.0"选项，然后单击"确定"按钮，弹出如图 3-40 所示的公式编辑器。

"公式编辑器"底行的按钮用于插入样板或结构，它们含有分式、根式、求和、积分、乘积和矩阵等符号，以及各种围栏或像方括号和大括号这样的成对匹配符号。许多样板包含插槽，是键入文字和插入符号的空间。组合在工具板上的样板大约有 120 个。样板可以嵌套（把样板插入另一个样板的插槽中）来建立复杂的多级化公式。

公式是通过挑选工具板上的样板和符号并在提供的插槽内输入变量和数字建立起来的。建立公式时，常用方法是从工具栏底行选择一个样板并填充插槽。然后从工具栏顶行选择符号。输入所需的文字。公式建立后，单击"公式编辑器"窗口外的任何位置，返回文档。

图 3-39　插入对象对话框

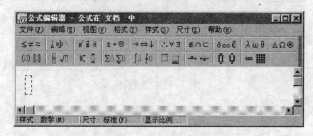

图 3-40　公式编辑器

下面通过一个例子来说明公式编辑器的使用方法。输入公式 $x = \log_a^b$，其操作步骤为：首先输入 $x=\log$，然后单击需要添加到公式中的符号或样板，在符号或样板的工具板的下拉菜单里，单击所需要的样板，将光标定位至下标处，输入 a，用鼠标在公式中移动插入点移至上标处，输入 b。

$x = \log$　　$x = \log_\Box^\Box$　　$x = \log_a^\Box$　　$x = \log^b$

如果想把公式 $x = \log_a^b$ 改成下列形式 $x = \log_{a+6}^{b^2}$，其操作过程是：

① 双击公式。出现"公式编辑器"工具栏，其菜单栏将暂时取代应用程序的菜单栏。注意插入点的大小和形状表明要输入的下一段文字或要插入的下一个符号出现的位置。插入点的水平线沿插槽底边闪动，竖线沿插槽顶端到底端闪动。要定位插入点，可指向所需位置然后单击。

② 完成所需修改。可以添加、删除或改变公式中的元素，也可以给文本应用不同的样式、尺寸或格式，或者调整元素的间距和位置。

③ 完成编辑后，单击"公式编辑器"对象外的任何位置。如果"公式编辑器"是作为独立的应用程序启动的，则从"公式编辑器"的"文件"菜单中选择"退出并返回到文档名"命令，公式会在文档中更新。

所生成的公式可以改变显示比例。如果"公式编辑器"是作为独立应用程序启动的，或者如果在 Word 中打开公式（通过选定文档中的公式，再选择"编辑"菜单中的"Equation 对象"命令，然后选择"打开"命令），则用户可以任意放大或缩小"公式编辑器"的显示以适应当前任务。

"公式编辑器"窗口中公式的尺寸变化不会影响文档中公式的尺寸。也可以选择"视图"菜单中的"显示比例"命令，然后在"自定义"列表框中输入一个 25%到 400%之间的数，然后单击"确定"按钮。

四、上机实验

① 画出如图 3-41 所示的流程图。

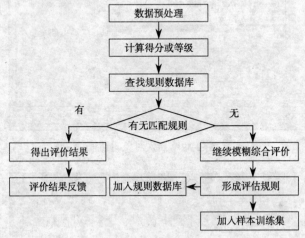

图 3-41　流程图

② 利用公式编辑器编辑下列公式：

$$K_C = \frac{3\xi}{2} \left[\left(\frac{4E}{3(1-v^2)} \right)^2 \frac{4R_W R_R P}{R_W + R_R} \right]^{\frac{1}{3}}$$

③ 制作表 3-2，并利用邮件合并制作每个人的如图 3-42 所示的基本情况表。

表 3-2　基本情况表

编　号	姓　　名	性　　别	出 生 日 期	职　　称	所 在 学 院
40001	王小强	男	1971-9-7	副教授	信息学院
40002	东方清清	女	1980-2-12	讲师	外语学院
40003	赵小曼	女	1963-4-26	教授	土木学院
40004	刘诗云	男	1960-11-16	教授	信息学院
40005	万伟	男	1968-4-25	副教授	电气学院
40006	张悦悦	女	1984-1-8	助教	信息学院
40007	刘宇航	男	1983-6-1	助教	信息学院

王小强个人基本情况

编　号	姓　名	性　别	出生日期	职　称	所在学校
40001	王小强	男	1971-9-7	副教授	信息学院

图 3-42　个人情况表

第二部分　习　　题

一、选择题

1. 在 Word 文档编辑中，可使用（　　）菜单中的"分隔符"命令，在文档中指定位置强行分页。

    A. 工具　　　　　　　B. 插入　　　　　　　C. 编辑　　　　　　　D. 格式

2. 在编辑文档时插入公式应该选择（　　）菜单中的命令。

    A. 插入　　　　　　　B. 文件　　　　　　　C. 编辑　　　　　　　D. 工具

3. 在 Word 中建立的文档文件，不能用 Windows 中的记事本打开，这是因为（　　）。

    A. 文件以.doc 为扩展名　　　　　　　　B. 文件中含有汉字

    C. 文件中含有特殊控制符　　　　　　　D. 文件中的西文有"全角"和"半角"之分

4. 在编辑 Word 文档时，要保存正在编辑的文件但不关闭或退出，则可按（　　）组合键来实现。

    A.【Ctrl+S】　　　　B.【Ctrl+V】　　　　C.【Ctrl+N】　　　　D.【Ctrl+O】

5. 在 Word 中，有关"自动更正"功能的叙述中，正确的是（　　）。

    A. 可以自动扩展任意缩写文字　　　　　B. 可以理解缩写文字，并进行翻译

    C. 可以检查任何错误，并加以纠正　　　D. 可以自动扩展定义过的缩写文字

6. 为了把插入在文档中的图片衬于文字的下方，应该在"设置图片格式"对话框中选择（　　）选项卡。

    A. 版式　　　　　　　B. 大小　　　　　　　C. 图片　　　　　　　D. 文本框

7. Word 窗口的工具栏最右边的按钮是带问号的箭头，其功能是（　　）。

    A. 通信　　　　　　　　　　　　　　　B. 命令的联机帮助

    C. 弹出对话框　　　　　　　　　　　　D. Word 功能教程

8. 在 Word 中，要调节行间距，则应该选择（　　）命令。

    A. "插入"菜单中的"分隔符"　　　　　B. "格式"菜单中的"字体"

    C. "格式"菜单中的"段落"　　　　　　D. "视图"菜单中的"缩放"

9. 在 Word 中插入一张空表时，当将"列宽"设为"自动"时，系统的处理方法是（　　）。

    A. 根据预先设置的默认值确定　　　　　B. 设定列宽为 10 个汉字

    C. 设定列宽为 10 个字符　　　　　　　D. 根据列数和页面设定的宽度自动计算确定

10. 编辑菜单中的"复制"命令的功能是将选定的文本或图形（　　）。

    A. 复制到文件的插入点位置　　　　　　B. 复制到剪贴板

    C. 由剪贴板复制到插入点　　　　　　　D. 复制到另外一个文件的插入点位置

11. 在 Word 中，要设置字符颜色，应先选定文字，再选择"格式"菜单中的（　　）命令。

    A. 段落　　　　　　　B. 字体　　　　　　　C. 样式　　　　　　　D. 颜色

12. Word 是（　　）软件包中的一个组件。

    A. Microsoft Office　　　　　　　　　B. CAD

    C. CAI　　　　　　　　　　　　　　　D. Internet Explorer

13. Word 文档使用的默认扩展名是（　　）。

    A. .dot　　　　　　　B. .doc　　　　　　　C. .xls　　　　　　　D. .ppt

14. 在状态栏中，Word 提供了两种工作状态，分别是（　　）。

    A. 插入和粘贴　　　B. 插入和改写　　　　　C. 剪切和复制　　D. 改写和复制

15. 对于文档编辑时的误操作，用户将（　　）。

    A. 重新人工编辑

    B. 无法挽回

    C. 单击工具栏上的"撤销键入"按钮恢复原内容

    D. 选择"工具"→"修订"命令恢复原内容

16. 文档编辑排版结束，要想预览其打印效果，应使用 Word 中的（　　）功能。

    A. 打印预览　　　B. 模拟打印　　　　　C. 屏幕打印　　　D. 打印

17. 在 Word 文档编辑中，文字下面有红线波浪下划线表示（　　）。

    A. 对输入的确认　　　　　　　　　　B. 可能有错误

    C. 可能有拼写错误　　　　　　　　　D. 已修改过的文档

18. 将选定格式应用于不同位置的文档内容，应（　　）。

    A. 双击"格式刷"按钮　　　　　　　B. 按住【Ctrl】键，单击"格式刷"按钮

    C. 单击"格式刷"按钮　　　　　　　D. 按住【Ctrl】键，双击"格式刷"按钮

19. 选定要调整缩进的段落，用鼠标点住标尺上左边的小正方形到适当的位置放开鼠标，可完成段落的（　　）缩进。

    A. 首行缩进　　　B. 左缩进　　　　　C. 右缩进　　　D. 悬挂缩进

20. 可以使用（　　）来保持段落格式的一致性。

    A. 样式　　　B. 向导　　　　　C. 模板　　　D. 页面设置

二、填空题

1. Word 是一个非常优秀的_____软件。

2. 用键盘选择菜单项的操作是按下_____键不放，再按菜单项后的字母键。

3. 设置工具栏按钮是在_____菜单中完成的。

4. 文档编辑排版结束，要想预览其打印效果，应使用 Word 中的_____功能。

5. 实现中英文转换的快捷键是_____。

6. 将选定格式应用于不同位置的文档内容，应_____。

7. 选定某文档中的部分文字，单击工具栏中的"居中"按钮，则_____。

8. 在 Word 中，为了保证字符格式的显示与打印相同，应设定的视图方式是_____。

第4章

电子表格 Excel 2000

第一部分 上机指导

实验一 Excel 2000 的基本操作

一、实验目的

① 掌握 Excel 2000 启动和退出的操作方法。

② 掌握 Excel 2000 工作簿、工作表、单元格的基本操作。

③ 掌握 Excel 2000 在工作表中输入数据的方法。

④ 掌握 Excel 2000 工作表的格式化操作。

二、知识要点

1. Excel 2000 的启动

比较常用的两种方法是：

（1）从"开始"菜单启动

单击"开始"菜单，选择"程序"→Microsoft Excel 命令或选择 Microsoft Office→Microsoft Excel 命令。

（2）双击快捷图标启动

在 Windows 桌面上直接双击 Microsoft Excel 快捷图标。

2. 创建一个 Excel 工作簿文件

启动 Excel 2000 应用程序，进入 Excel 2000 的窗口，系统默认生成一个工作簿。如果想生成另一个，单击"文件"菜单，选择"新建"命令，在弹出的"新建"对话框中，选择"常用"选项卡，单击"工作簿""图标，最后单击"确定"按钮或者直接单击"工具栏"上的"新建"图标按钮。

3. 文件的保存

完成一个工作簿的数据输入、编辑后，下一步需要完成的工作就是将它保存在硬盘上。要保存文件，选择"文件"菜单中的"另存为"命令，弹出"另存为"对话框，在"保存位置"列表中，选择希望保存工作簿的驱动器和文件夹，在"文件名"文本框中输入工作簿名称，然后单击"保存"按钮。

4. 数据的输入

首先移动鼠标至需要输入的数据单元格上，然后单击，单元格的四周出现黑框，表明单元格已被选中，此时状态栏显示"就绪"，这表明可以开始在该单元格中输入信息了。选择自己习惯的输入方法，然后输入数据，这时编辑栏上的信息正是键盘所输数据，这时可以按【Back Space】键对刚输入的文字进行修改，也可以单击"×"按钮（或按【Esc】键）取消刚输入的文字，如果不再改变，那么就可以用下面的方法进行确定：

- 按【Enter】键：确认输入内容，并将活动单元格下移一个单元。
- 按【Tab】键：确认输入内容，并将活动单元格右移一个单元。
- 单击"√"按钮：确认输入内容，活动单元格不变。

在完成确认之后，就完成了单元格中文字内容的输入。

5. 数据填充

数据填充是指利用系统提供的机制，向表格中若干连续单元格快速填充一组有规律的数据，以减轻用户的录入工作。可以用不同的方法实现填充操作：使用填充柄和自定义序列。

6. 工作表的基本操作

一个工作簿最多可以包含 255 个工作表，如果在一个工作簿当中包含的工作表比较多，就需要使用 Excel 提供的对工作表的管理功能，如激活、插入、删除、移动和复制工作表等。

（1）插入新工作表

如果要添加一张工作表，可选择"插入"→"工作表"命令。

（2）切换到工作簿中的其他工作表

我们知道工作表标签位于工作簿的底部，要激活某一个工作表时，只需单击相应标签。当在工作簿当前页面中显示不完过多的工作表标签时，可使用标签滚动按钮对工作表标签进行翻页，直到找到需要的工作表标签为止。然后单击所需工作表的标签。

（3）移动或复制工作表

Excel 允许将某个工作表在同一个或多个工作簿中移动或复制。如果移动、复制操作是位于同一工作簿中，则单击需要移动或复制的工作表标签，将它拖动到所希望的位置即实现工作表的移动；如果在拖动的同时按住【Ctrl】键即可产生原工作表的一个复件。

（4）从工作簿中删除工作表

选定待删除的工作表，在"编辑"菜单中选择"删除工作表"命令。

（5）重命名工作表

双击相应的工作表标签，输入新名称覆盖原有名称。

（6）选定工作簿中的工作表

如果在当前工作簿中选定了多张工作表，Microsoft Excel 会在所有选定的工作表中重复活动工作表中的改动。这些改动将替换其他工作表中的数据。

7. 工作表的格式化

格式设置的目的就是使表格更规范，看起来更有条理、更清楚。一个好的工作表首先要保证的是它的正确性。在正确的基础上，外观的修饰也是必不可少的。我们可以设置单元格格式、改变工作表的行高和列宽、为工作表设置对齐方式、为工作表添加必要的边框和底纹以及使用自动套用格式等修饰功能。

三、实验示例

启动 Excel 2000 时，Excel 将自动产生一个工作簿 Book1，并且为此工作簿隐含创建三张工作表，工作表名称分别为 Sheet1、Sheet2、Sheet3，下面以表 4-1 中的数据为例介绍 Excel 的具体操作。

表 4-1　工资情况表

编　号	姓　名	性　别	出生年月	单　位	系　别	基本工资	岗位工资	水　费	电　费
2008001	王小帆	女	89-9-7	信息	计算机	510	2800	89	56
2008002	肖能检	男	78-6-5	信息	电子商务	560	1600	43	67
2008003	刘小芳	女	60-5-8	土木	建筑	640	1500	123	146
2008004	刘络详	男	88-11-12	信息	计算机	530	2500	78	68
2008005	吴赛凤	女	99-4-23	信息	计算机	490	1400	60	86
2008006	罗金扬	男	77-2-1	土木	建筑	520	1600	128	188
2008007	袁亚强	男	56-6-8	土木	给排水	680	2100	146	96
2008008	赵小茹	女	78-5-4	信息	电子商务	520	1800	68	64

把光标定位到要输入数据的单元格，根据上面的数据进行数据录入，输入内容如图 4-1 所示。

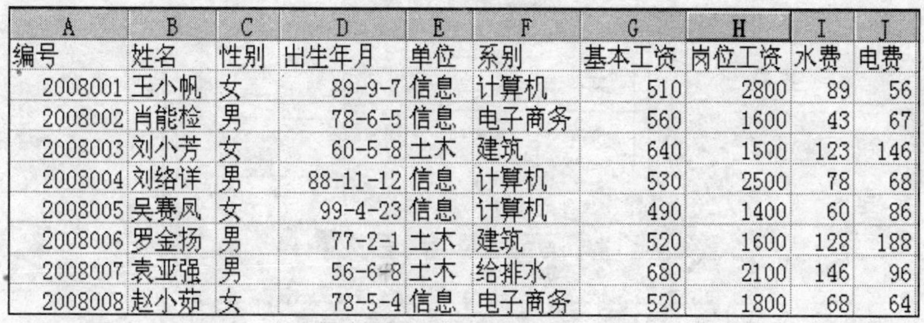

A	B	C	D	E	F	G	H	I	J
编号	姓名	性别	出生年月	单位	系别	基本工资	岗位工资	水费	电费
2008001	王小帆	女	89-9-7	信息	计算机	510	2800	89	56
2008002	肖能检	男	78-6-5	信息	电子商务	560	1600	43	67
2008003	刘小芳	女	60-5-8	土木	建筑	640	1500	123	146
2008004	刘络详	男	88-11-12	信息	计算机	530	2500	78	68
2008005	吴赛凤	女	99-4-23	信息	计算机	490	1400	60	86
2008006	罗金扬	男	77-2-1	土木	建筑	520	1600	128	188
2008007	袁亚强	男	56-6-8	土木	给排水	680	2100	146	96
2008008	赵小茹	女	78-5-4	信息	电子商务	520	1800	68	64

图 4-1　数据录入

输入完后，数据的类型和格式有些不符合我们的要求，这时，可以对输入的数据进行格式化设置。例如，将编号设置为字符型，日期改成如图 4-2 所示的格式。要注意的是，在操作过程中，首先要选择好要修改的数据，再选择命令。

选中数据前 4 行，单击“插入”按钮，在数据的上方插入了 4 行空行，在 D3 单元格输入“教师工资情况表”作为表头，选中这一行有数据的区域，选择“单元格格式”对话框中的“对齐”选项卡，如图 4-3 所示，选中“合并单元格”单选按钮。

在定义好数据格式后，可以给工作表添加边框，在工作表中显示的边框在打印输出时并不显示，要添加边框，必须通过“边框”选项卡进行设置。

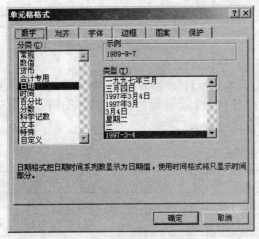

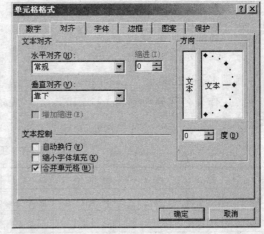

图 4-2　数据的格式设置　　　　　图 4-3　"单元格格式"对话框

首先需要做的是选择相应的区域，把所有记录都选上，然后选择"格式"→"单元格"命令，在弹出的"单元格格式"对话框中选择"边框"选项卡，如图 4-4 所示。通过"样式"列表框为欲加的边框选择一种样式。通过"颜色"下拉列表框为边框选择一种颜色。再利用左边"预置"选项组中的各种按钮来为选定区域设置不同位置的边框。

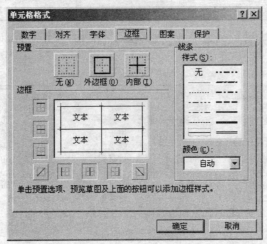

图 4-4　"边框"选项卡

四、上机实验

① 运行 Excel 2000，在工作表中输入产品销售表，如表 4-2 所示。

表 4-2　产品销售表

产品代号	产品类别	产品名称	销售日期	进　　价	零 售 价	数　　量	销 售 额	利　　润
100001	电器	电视机	2007-1-2	2400	2600	2		
200001	水果	苹果	2007-1-2	1.6	2	12		
100002	电器	冰箱	2007-1-2	1600	1800	1		
200002	水果	橘子	2007-1-2	2	2.5	6		

续表

产品代号	产品类别	产品名称	销售日期	进　价	零售价	数　量	销售额	利　润
100001	电器	电视机	2007-1-3	2400	2600	1		
100003	电器	洗衣机	2007-1-3	1800	200	2		
100004	电器	空调	2007-1-3	1680	1880	1		
200001	水果	苹果	2007-1-3	1.6	2	21		

② 对工作表按图 4-5 所示的样式进行设置。

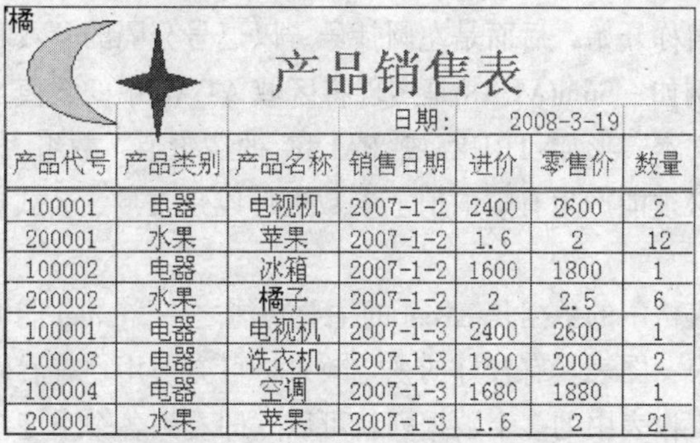

橘

产品销售表

日期:　2008-3-19

产品代号	产品类别	产品名称	销售日期	进价	零售价	数量
100001	电器	电视机	2007-1-2	2400	2600	2
200001	水果	苹果	2007-1-2	1.6	2	12
100002	电器	冰箱	2007-1-2	1600	1800	1
200002	水果	橘子	2007-1-2	2	2.5	6
100001	电器	电视机	2007-1-3	2400	2600	1
100003	电器	洗衣机	2007-1-3	1800	2000	2
100004	电器	空调	2007-1-3	1680	1880	1
200001	水果	苹果	2007-1-3	1.6	2	21

图 4-5　格式化后的产品销售表

实验二　Excel 2000 的公式应用

一、实验目的

① 掌握 Excel 2000 公式的应用。

② 掌握 Excel 2000 系统下建立图表的方法。

③ 掌握 Excel 2000 图表和修饰图表的方法。

二、知识要点

1. 公式的建立

公式是对工作表数据进行运算的方程式。公式可以进行数学运算，例如：加法和乘法，还可以比较工作表数据或合并文本。公式可以引用同一工作表中的其他单元格、同一工作簿不同工作表中的单元格，或者其他工作簿的工作表中的单元格。

公式中元素的结构或次序决定了最终的计算结果。Microsoft Excel 中的公式遵循一个特定的语法或次序：最前面是等号（=），后面是参与计算的元素（运算数），这些参与计算的元素又是通过运算符隔开的。每个运算数可以是不改变的数值（常量数值）、单元格或引用单元格区域、标志、名称或工作表函数。

在公式中可以应用的符号和运算符有：

+（加）、-（减）、*（乘）、/（除）、∧（乘方）、()（括号）

Excel 运算的优先级与算术四则运算的规则相同，依次为()、乘方、乘除、加减；优先级相同时，在左边的先参与运算。

运算符用于对公式中的元素进行特定类型的运算。Microsoft Excel 包含 4 种类型的运算符：算术运算符、比较运算符、文本运算符和引用运算符。

2．工作表函数

Microsoft Excel 中包含许多预定义的或内置的公式，称之为函数。函数可用于进行简单或复杂计算。例如，使用公式"=(B2+B3+B4+B5+B6+B7+B8+B9+B10)"与使用函数的公式"=SUM(B2:B10)"，其作用是相同的。使用函数不仅可以减少输入的工作量，而且可以减小输入时出错的概率。

所有函数都是由函数名和位于其后的一系列参数（用括号括起来）组成的，即

函数名(参数 1,参数 2...)

函数的结构以函数名称开始，后面是左圆括号、以逗号分隔的参数和右圆括号。函数名代表了该函数具有的功能。例如：Sum(A1:A8)是实现将区域 A1:A8 中的数值加和的功能。

参数可以是数字、文本、形如 TRUE 或 FALSE 的逻辑值、数组、形如#N/A 的错误值或单元格引用。给定的参数必须能产生有效的值。参数也可以是常量、公式或其他函数。

3．建立图表

用图表来描述电子表格中的数据是 Excel 的主要功能之一。Excel 能够将电子表格中的数据转换成各种类型的统计图表。图表具有较好的视觉效果，可方便用户查看数据的差异、图案和预测趋势。例如，不必分析工作表中的多个数据列就可以立即看到各个季度销售额的升降，很方便地对实际销售额与销售计划进行比较。

创建的办法是选择"插入"→"图表"命令，然后按照"图表向导"中的指导进行操作。

4．格式化图表

前面生成的图表，其大小、字体等都不是那么理想，我们可以对其进行格式设置。选中图表，右击，在弹出的对话框中可以选择其中要修改的项进行修改。

三、实验示例

1．公式的书写

公式与普通常数之间的区别就在于公式首先是由"="来引导的，而普通文本和数字则不需要由等号来引导。例如，要在上面的工作表中统计出教师的实发工资。因此在单元格 K6 中建立求和公式，如图 4-6 所示，首先选择单元格 K6，然后执行下列操作。

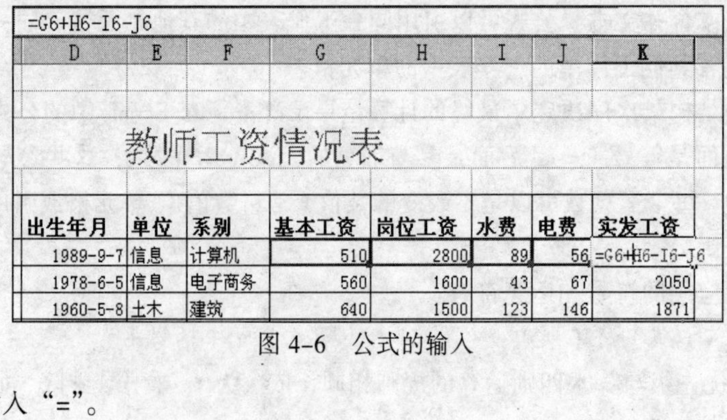

=G6+H6-I6-J6							
D	E	F	G	H	I	J	K

教师工资情况表

出生年月	单位	系别	基本工资	岗位工资	水费	电费	实发工资
1989-9-7	信息	计算机	510	2800	89	56	=G6+H6-I6-J6
1978-6-5	信息	电子商务	560	1600	43	67	2050
1960-5-8	土木	建筑	640	1500	123	146	1871

图 4-6　公式的输入

① 从键盘输入"="。

② 输入源数据单元格引用地址 G6，然后按下加号"+"，重复该过程直到输入完公式 G6+H6-I6-J6。

③ 单击"√"按钮，或者按【Enter】键。

可以看到，第一个教师的实发工资就算出来了，这时，只要选中 K6，会看到其区域边框的右下角处有一个黑点，这就是"填充柄"。鼠标指向"填充柄"时，鼠标指针会变成一个"瘦"加号，此时单击并拖动鼠标（即拖动填充柄）经过相邻单元格，其他教师的实要工资就计算出来了。

2. 函数的应用

在工作表中，统计一下教师基本工资的总和，把光标定位到要放总和的单元格，单击编辑栏上的"="，此时编辑栏发生变化，如图 4-7 所示。如果记得公式中出现的函数，可以直接在编辑栏中进行输入，但更好的方法是通过单击图中的按钮打开函数下拉列表进行选择。不管使用哪种方式，都会调出公式选项板，根据函数的功能填入或通过折叠对话框选择数据。随着数据的输入在公式选项板的下面随时出现计算结果。输入完成后，单击"确定"按钮，计算结果即可填入选定单元格中。

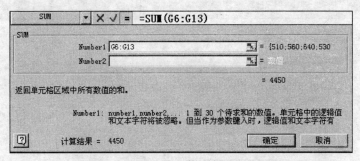

图 4-7　函数的应用

3. 创建图表

创建一个各位教师实发工资的比较图，我们来选定待显示于图表中的数据所在的单元格，选择示例中的姓名和实发工资两列数据，如果希望新数据的行列标志也显示在图表中，则选定区域还应包括含有标志的单元格。

选择"插入"→"图表"命令，然后按照"图表向导"中的指导进行操作。

第一步是选择图表的类型，如图 4-8 所示，从左边的"类型"列表中选择"柱形图"，从右边的"子图表类型"列表中选择默认的第一个，单击"下一步"按钮。

在出现的步骤 2 的对话框中，如图 4-9 所示，可以单击"数据区域"输入框中的"拾取"按钮，选中"实发工资"下面的这些数值，然后单击"图表向导"对话框中的"返回"按钮，回到原来的"图表向导"对话框，单击"下一步"按钮。

在步骤 3 中，可以添加图表的各项标题，如图中 X、Y 轴的标题，如图 4-10 所示，单击"下一步"按钮。

在步骤 4 中，如图 4-11 所示，选择生成的图表放置的位置，选中"作为其中的对象插入"单选按钮，单击"完成"按钮，效果如图 4-12 所示。

图 4-8 选择图表类型

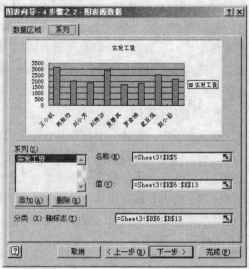

图 4-9 数据区域的选择

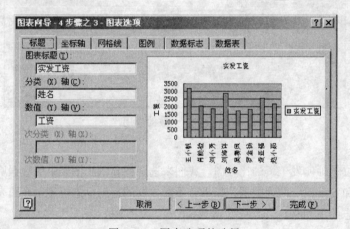

图 4-10 图表选项的选择

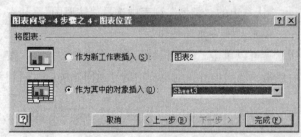

图 4-11 图表位置的选择

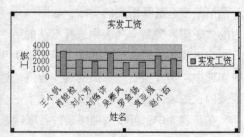

图 4-12 生成的图表

上面生成的图表，其大小、字体等都不是那么理想，可以对其进行格式设置。比如感觉图形中字体太大了，可以先选中横坐标中的姓名，打开 "坐标轴格式" 对话框，选择 "字体" 选项卡，选择字体大小后，单击 "确定" 按钮，其他的操作雷同，这里不再说明，图 4-13 所示是格式化后的一个样例。

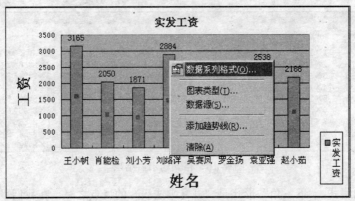

图 4-13　格式化图表

4. 制作九九乘法表

在实际生活中"九九乘法表"对大家来说都再熟悉不过了，下面就利用 Excel 中的公式来试一试。

① 建立一个工作表 Sheet1，并在 A3～A11 单元格依次输入 1～9，B2～J2 单元格依次输入 1～9，如图 4-14 所示。

	A	B	C	D	E	F	G	H	I	J
1										
2		1	2	3	4	5	6	7	8	9
3	1									
4	2									
5	3									
6	4									
7	5									
8	6									
9	7									
10	8									
11	9									

图 4-14　数据录入

② 计算结果。"九九乘法表"中的数值结果都是由行值乘以列值而得到的，所以 Excel 单元格中的数值也应为行值乘以列值，这时，在 B3 单元格中输入公式"=$A3*B$2"，确定后，选中这个单元格，单击并拖动鼠标（即拖动填充柄）经过相邻单元格，就会将选中区域中的数据按公式填充到这些单元格中了，结果如图 4-15 所示。

SUM	▼ × ✓ ƒx	=$A3*B$2							
	A	B	C	D	E	F	G	H	I	J
1										
2		1	2	3	4	5	6	7	8	9
3	1	=$A3*B$2	2	3	4	5	6	7	8	9

图 4-15　简单结果输出

③ 单元格输出格式。而"九九乘法表"的格式是"1×2=2"的形式，如图 4-16 所示，所以在输出时可以把"1"、"×"、"2"及"="均看作文本，即中间用"&&"来连接。但"1"实际上是来源于 A 列的值，"2"是来源于第 2 行的值，当用鼠标拖动时为保持 A 列和第 1 行不变，应在其前加上绝对引用符"$"，故公式相应地变化为"=$A3&"×"&C$2&"="&$A3*C$2"（注意：公式里边的引号是英文状态下输入的）。

	A	B	C	D	E	F	G	H	I	J
1										
2		1	2	3	4	5	6	7	8	9
3	1	1×1=1	1×2=2	1×3=3	1×4=4	1×5=5	1×6=6	1×7=7	1×8=8	1×9=9
4	2	2×1=2	2×2=4	2×3=6	2×4=8	2×5=10	2×6=12	2×7=14	2×8=16	2×9=18
5	3	3×1=3	3×2=6	3×3=9	3×4=12	3×5=15	3×6=18	3×7=21	3×8=24	3×9=27
6	4	4×1=4	4×2=8	4×3=12	4×4=16	4×5=20	4×6=24	4×7=28	4×8=32	4×9=36
7	5	5×1=5	5×2=10	5×3=15	5×4=20	5×5=25	5×6=30	5×7=35	5×8=40	5×9=45
8	6	6×1=6	6×2=12	6×3=18	6×4=24	6×5=30	6×6=36	6×7=42	6×8=48	6×9=54
9	7	7×1=7	7×2=14	7×3=21	7×4=28	7×5=35	7×6=42	7×7=49	7×8=56	7×9=63
10	8	8×1=8	8×2=16	8×3=24	8×4=32	8×5=40	8×6=48	8×7=56	8×8=64	8×9=72
11	9	9×1=9	9×2=18	9×3=27	9×4=36	9×5=45	9×6=54	9×7=63	9×8=72	9×9=81

图4-16　格式输出后结果

④ 整体输出格式。"下三角"形式是"九九乘法表"的特点之一，在我们平时使用公式时，都是通过拖动鼠标来实现的。如果这时用鼠标来拖动要小心不能拖出下三角范围。为了防止"出格"，如出现"4×5=20"的形式，可采用了IF()函数，即当A列中单元格的值在1～9之间且第1行中单元格的值在1～9之间的同时又不大于对应的A列中单元格的值(如$A6< >" ", D\$2 < >" "，D\$2<=\$A6)时才输出，否则输出空格。所以B3的公式又可改为："=IF(AND(\$A3<>"",B\$2<>""，B\$2<=\$A3), \$A3&"×"&B\$2&"="&\$A3*B\$2,"")"，效果如图4-17所示。

	A	B	C	D	E	F	G	H	I	J
1										
2		1	2	3	4	5	6	7	8	9
3	1	1×1=1								
4	2	2×1=2	2×2=4							
5	3	3×1=3	3×2=6	3×3=9						
6	4	4×1=4	4×2=8	4×3=12	4×4=16					
7	5	5×1=5	5×2=10	5×3=15	5×4=20	5×5=25				
8	6	6×1=6	6×2=12	6×3=18	6×4=24	6×5=30	6×6=36			
9	7	7×1=7	7×2=14	7×3=21	7×4=28	7×5=35	7×6=42	7×7=49		
10	8	8×1=8	8×2=16	8×3=24	8×4=32	8×5=40	8×6=48	8×7=56	8×8=64	
11	9	9×1=9	9×2=18	9×3=27	9×4=36	9×5=45	9×6=54	9×7=63	9×8=72	9×9=81

图4-17　下三角形式的九九乘法表

5. 利用身份证号码提取个人信息

每个人的身份证号码保留着一个人的性别、出生年月、籍贯等信息，无论是15位还是18位的身份证号码，下面是身份证的信息含义：

15位身份证号码：第7、8位为出生年份（两位数），第9、10位为出生月份，第11、12位代表出生日期，第15位代表性别，奇数为男，偶数为女。

18位身份证号码：第7、8、9、10位为出生年份（四位数），第11、第12位为出生月份，第13、14位代表出生日期，第17位代表性别，奇数为男，偶数为女。

例如，某员工的身份证号码（15位）是360102780906128，那么表示1978年9月6日出生，性别为女。如果能想办法从这些身份证号码中将上述个人信息提取出来，不仅快速简便，而且不容易出错，核对时也只需要对身份证号码进行检查，可以大大提高工作效率。

	A	B	C	D
1	姓名	性别	身份证	出生年月
2	王蝶殇		360102780906XXX	
3	丁德明		32010219780640XXX	
4	冬雪飘		360102651112XXX	
5	董小龙		360112450734XXX	

图4-18　原始数据

如图4-18所示是某些同志的身份证号码，其中员工的身份证号码信息在C列，出生年月信息填写在D列，性别信息填写在B列。如果想从其中提取其性别和出生年月，那么该怎么操作？

一般需要使用IF、LEN、MOD、 MID、DATE等函数从身份证号码中提取个人信息。

性别信息统一在 B 列填写，因此可以在 B2 单元格中输入公式："=IF(MOD(IF(LEN(C2)=15,MID (C2,15,1),MID(C2,17,1)),2)=1,"男","女")"，其中：

LEN(C2)=15：检查身份证号码的长度是否是 15 位。

MID(C2,15,1)：如果身份证号码的长度是 15 位，那么提取第 15 位的数字。

MID(C2,17,1)：如果身份证号码的长度不是 15 位，即 18 位身份证号码，那么应该提取第 17 位的数字。

MOD(IF(LEN(C2)=15,MID(C2,15,1),MID(C2,17,1)),2)：用于得到给出数字除以指定数字后的余数，本例表示对提出来的数值除以 2 以后所得到的余数。

IF(MOD(IF(LEN(C2)=15,MID(C2,15,1),MID(C2,17,1)),2)=1,"男","女")：如果除以 2 以后的余数是 1，那么 B2 单元格显示为"男"，否则显示为"女"。

由于上交报表时只需要填写出生年月，不需要填写出生日期，因此这里只需要关心身份证号码的相应部位即可，即显示为"7809"这样的信息。在 D2 单元格中输入公式"=IF(LEN(C2)= 15,MID(C2,7,4),MID(C2,9,4))"，其中：

LEN(C2)=15：检查 C2 单元格中字符串的字符数目，本例的含义是检查身份证号码的长度是否是 15 位。

MID(C2,7,4)：从 C2 单元格中字符串的第 7 位开始提取 4 位数字，本例中表示提取 15 位身份证号码的第 7、8、9、10 位数字。

MID(C2,9,4)：从 C2 单元格中字符串的第 9 位开始提取 4 位数字，本例中表示提取 18 位身份证号码的第 9、10、11、12 位数字。

IF(LEN(C2)=15,MID(C2,7,4),MID(C2,9,4))：IF 是一个逻辑判断函数，表示如果 C2 单元格是 15 位，则提取第 7 位开始的 4 位数字，如果不是 15 位，则提取自第 9 位开始的 4 位数字。

如果需要显示为"70 年 12 月"这样的格式，可使用 DATE 格式，并在"单元格格式"→"日期"中进行设置。

按【Enter】键确认后，即可在 B2 单元格显示正确的性别信息，接下来就是选中填充柄直接拖动。如图 4-19 所示，现在这份报表无论是提取信息还是核对，都很方便。

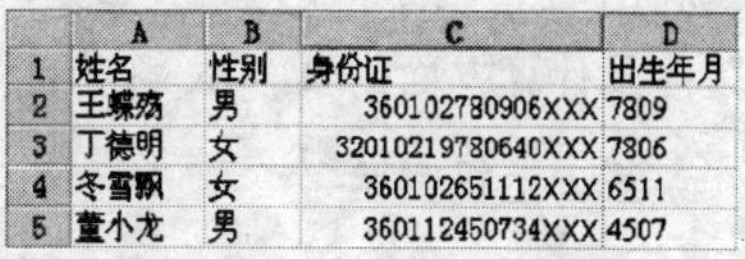

图 4-19　信息提取后结果

6. 绘制 $y=\sin x$ 的曲线图

使用 Excel 除了可以绘制一些常用图外，也能快速准确地绘制数学上的函数曲线，使所画的曲线既标准又漂亮。

在一张空白的工作表中，先输入函数的自变量。在这生成一个自变量 X 从-180° 到 180° 的图形。在 A 列的 A1 格输入"X="，表明这是自变量。再在 A 列的 A2 及以后的格内逐次从小到大输入自变量的各个值。

实际输入的时候，用等差数列输入法，先输入前两个值-180 和-170，定出自变量中数与数之间的步长 10，然后选中 A2 和 A3 两个单元格，使这两项变成一个带黑色边框的矩形，再用鼠标指向这黑色矩形右下角的小方块"■"，当光标变成"＋"字型后，按住鼠标拖动光标到适当的位置，就完成自变量的输入。

在 B 列的 B1 格输入函数式的一般书面表达形式：$y=\sin x$。

在 B2 格输入"=SIN(C3/180*3.14)"，B2 格内马上得出了计算的结果。这时，再选中 B2 格，让光标指向 B2 矩形右下角的"■"，当光标变成"＋"时按住光标沿 B 列拖动到适当的位置即完成函数值的计算。

接下来单击工具栏上的"图表向导"按钮，选择"X，Y 散点图"，然后在出现的"X，Y 散点图"类型中选择"无数据点平滑线散点图"。此时可查看即将绘制的函数图像，发现并不是我们所要的函数曲线。

单击"下一步"按钮，选中"数据产生在列"单选按钮，给出数据区域。在接下来的操作中，输入坐标，单击"下一步"按钮，单击"完成"按钮，这时曲线就绘制好了。

接下来就是格式化图表，这里就不再详述了，图 4-20 是格式化后的一个样图。

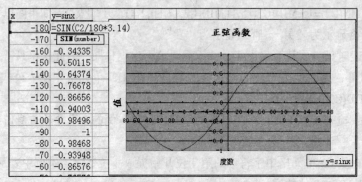

图 4-20　生成的正弦函数值

需要注意：如何确定自变量的初始值，数据点之间的步长是多少，这要根据函数的具体特点来判断，这也是对使用者能力的检验。如果想很快查到函数的极值或看出其发展趋势，给出的数据点也不一定非得是等差的，可以根据需要任意给定。

从简单的三角函数到复杂的对数、指数函数，都可以用 Excel 画出曲线。如果用得到，还可以利用 Excel 来完成行列式、矩阵的各种计算，进行简单的积分运算，利用迭代求函数值等，凡是涉及计算方面的事，Excel 都能解决。

三、上机实验

① 计算上个实验输入的工作表中每个产品的销售额和利润，并统计出整张表的销售额和利润。样张如图 4-21 所示。

产品代号	产品类别	产品名称	销售日期	进价	零售价	数量	销售额	利润
				日期：	2008-3-17			
100001	电器	电视机	2007-1-2	2400	2600	2	5200	400
200001	水果	苹果	2007-1-2	1.6	2	12	24	4.8
100002	电器	冰箱	2007-1-2	1600	1800	1	1800	200
200002	水果	橘子	2007-1-2	2	2.5	6	15	3
100001	电器	电视机	2007-1-3	2400	2600	1	2600	200
100003	电器	洗衣机	2007-1-3	1800	2000	2	4000	400
100004	电器	空调	2007-1-3	1680	1880	1	1380	200
200001	水果	苹果	2007-1-3	1.6	2	21	42	8.4
销售总额：	15561							
利润：	1416.2							

图 4-21　销售额和利润

② 创建电器产品销售利润对照表，结果如图 4-22 所示。

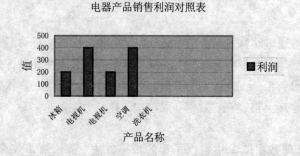

图 4-22　电器产品销售利润对照表

③ 绘制 $y=\cos x+3$ 曲线图。

实验三　Excel 2000 的数据管理

一、实验目的

① 掌握数据库、字段、记录的概念。

② 掌握 Excel 2000 系统数据列表（数据库）管理功能。

③ 掌握数据列表（数据库）的基本操作方法（包括删除、增加、条件检索等）。

④ 掌握数据列表（数据库）中数据的排序、筛选、分类汇总和数据透视的操作方法。

二、知识要点

1. 数据清单和基本操作

"数据清单"是工作表中包含相关数据的一系列数据行，中文 Excel 2000 中可以很容易地将数据清单用做数据库，而在执行数据库操作时，例如查询、排序或汇总数据时也会自动将数据清单视作数据库，并使用数据清单元素来组织数据。数据清单中的列是数据库中的字段，数据清单中的列标志是数据库中的字段名称。

（1）添加记录

要加入数据至所规定的数据库内，有两种方法，一种是直接输入数据至单元格内，一种是利用"记录单"输入数据。"记录单"是经常使用的方法。

（2）编辑记录

对于数据库中的记录，可以在相应的单元格上进行编辑，也可以选择数据清单中的任意单元格。从"数据"菜单中选择"记录单"命令，弹出一个"记录单"对话框。在这里查找并显示出要修改数据的记录，编辑该记录的内容。

（3）删除一条记录

对于数据库中不再需要的记录，可以使用"删除"命令将其从数据库中删除。

2. 数据清单的应用

（1）排序

在对数据清单排序时，Microsoft Excel 会根据所选择的列的内容重新对行进行排序，这就是"按列排序"。方法是在"数据"菜单中，选择"排序"命令，根据我们的需要，在"主要关键字"下拉列表框、"次要关键字"下拉列表框和"第三关键字"下拉列表框中选择排序字段，然后单击

"确定"按钮。

（2）分类汇总

Microsoft Excel 可通过计算数据清单中的分类汇总和总计值来自动汇总数据。使用自动分类汇总前，数据清单中必须包含带有标题的列，并且数据清单必须在要进行分类汇总的列上排序。要向数据清单中插入分类汇总，先选定汇总列，对数据清单进行排序。然后在要分类汇总的数据清单中，单击任意一个单元格，在"数据"菜单中选择"分类汇总"命令。

（3）筛选

筛选是查找和处理数据清单中数据子集的快捷方法。筛选清单仅显示满足条件的行，该条件由用户针对某列指定。Microsoft Excel 提供了两种筛选清单的命令：自动筛选和高级筛选。

与排序不同的是，筛选并不重排清单。筛选只是暂时隐藏不必显示的行。Excel 筛选行时，可以对清单子集进行编辑、设置格式、制作图表和打印，而不必重新排列或移动。

自动筛选适用于简单条件，只要单击需要筛选的数据清单中的任意一个单元格，在"数据"菜单中选择"筛选"→"自动筛选"命令。

3. 数据透视表

数据透视表报表是用于快速汇总大量数据的交互式表格。用户可以旋转其行或列以查看对源数据的不同汇总，还可以通过显示不同的页来筛选数据，也可以显示所关心区域的明细数据。要创建数据透视表报表，打开要创建数据透视表报表的工作簿，选择"数据"菜单中的"数据透视表和数据透视图"命令，根据"数据透视表和数据透视图向导"的步骤进行操作。

三、实验示例

1. 排序

在前面的例题中数据清单中含有很多信息，我们希望根据单位和实发工资进行排序，具体操作如下：

首先在需要排序的数据清单中，单击任意单元格，在"数据"菜单中选择"排序"命令，根据需要，在"主要关键字"下拉列表框中选择"单位"选项、在"次要关键字"下拉列表框中选择"实发工资"选项，如图 4-23 所示。选定所需的其他排序选项，然后单击"确定"按钮，结果如图4-24所示。

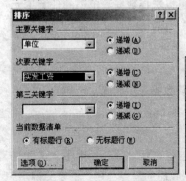

编号	姓名	性别	出生年月	单位	系别	基本工资	岗位工资	水费	电费	实发工资
2008006	罗金扬	男	1977-2-1	土木	建筑	520	1600	128	188	1804
2008003	刘小芳	女	1960-5-8	土木	建筑	640	1500	123	146	1871
2008007	袁亚强	男	1956-6-8	土木	给排水	680	2100	146	96	2538
2008005	吴赛凤	女	1999-4-23	信息	计算机	490	1400	60	86	1744
2008002	肖能检	男	1978-6-5	信息	电子商务	560	1600	43	67	2050
2008008	赵小茹	女	1978-5-4	信息	电子商务	520	1800	68	64	2188
2008004	刘络详	男	1988-11-12	信息	计算机	530	2500	78	68	2884
2008001	王小帆	女	1989-9-7	信息	计算机	510	2800	89	56	3165

图 4-23　数据排序关键字选择　　　　　　图 4-24　排序后的结果

2. 筛选

使用排序可以解决一些问题，但有时使用"筛选"功能更方便一些。

自动筛选适用于简单条件，其具体操作如下：

单击需要筛选的数据清单中的任意单元格，在"数据"菜单中选择"筛选"→"自动筛选"命令，如果只显示含有特定值的数据行，可单击含有待显示数据的数据列上端的下拉按钮。

如果要使用同一列中的两个数值筛选数据清单，或者使用比较运算符而不是简单的"等于"，可单击数据列上端的下拉按钮，再选择"自定义"选项。

要显示岗位工资在[1600,2200]的职工，可以在自定义对话框中进行设置，如图 4-25 所示。单击"确定"按钮，结果如图 4-26 所示。

图 4-25　自定义筛选案件

B	C	D	E	F	G	H	I	J	K
姓名	性别	出生年月	单位	系别	基本工	岗位工	水费	电费	实发工
肖能检	男	1978-6-5	信息	电子商务	560	1600	43	67	2050
罗金扬	男	1977-2-1	土木	建筑	520	1600	128	188	1804
袁亚强	男	1956-6-8	土木	给排水	680	2100	146	96	2538
赵小茹	女	1978-5-4	信息	电子商务		1800	68	64	2188

图 4-26　自定义筛选结果

如果条件比较多，可以使用"高级筛选"功能来设置。使用高级筛选功能可以一次把我们想要看到的数据都找出来。

下面来查找信息学院女教师，选择数据清单中含有要筛选值的列的列标，然后进行"复制"。在这里选择"性别"和"单位"，再选择条件区域的第一个空行，然后进行"粘贴"，如图 4-27 所示。

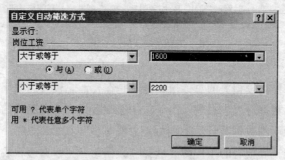

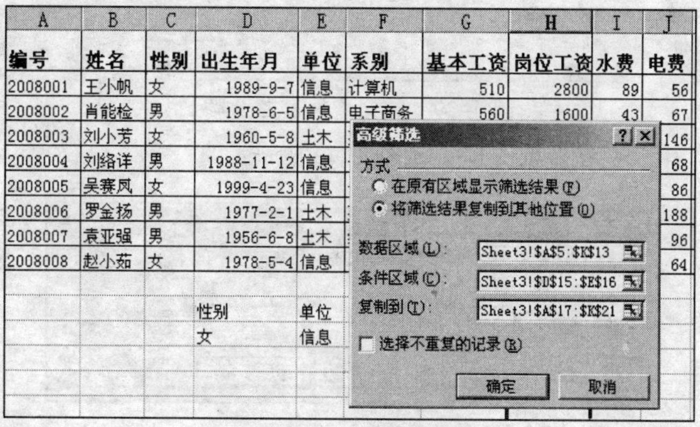

图 4-27　高级筛选选项

在条件标志下面的一行中，输入所要匹配的条件，性别＝"女"，学院＝"信息"（确认在条件值与数据清单之间至少要留一空白行）。单击数据清单中的任一单元格。在"数据"菜单中，选择"筛选"→"高级筛选"命令。

选择数据区域和条件区域，选中"将筛选结果复制到其他位置"单选按钮，接着在"复制到"编辑框中单击拾取框中的按钮，选择好区域，再单击拾取框中的按钮返回"高级筛选"对话框，然后单击"确定"按钮，结果如图 4-28 所示。

编号	姓名	性别 女	出生年月	单位 信息	系列	基本工资	岗位工资	水费	电费	实发工资
2008001	王小帆	女	1989-9-7	信息	计算机	510	2800	89	56	3165
2008005	吴赛凤	女	1999-4-23	信息	计算机	490	1400	60	86	1744
2008008	赵小茹	女	1978-5-4	信息	电子商务	520	1800	68	64	2188

图 4-28　高级筛选结果

3. 数据透视表

在日常生活中如果要比较相关的总计值，尤其是在要汇总较大的数字清单并对每个数字进行多种比较时，可以使用数据透视表报表。由于数据透视表报表是交互式的，因此，用户可以更改数据的视图以查看其他明细数据或计算不同的汇总额。

打开要创建数据透视表报表的工作簿，选择"数据"→"数据透视表和数据透视图"命令，在"数据透视表和数据透视图向导"的步骤 1 中，如图 4-29 所示，选择指定类型"Microsoft Excel数据清单或数据库"，并选中"所需创建的报表类型"选项组中的"数据透视表"单选按钮，单击"下一步"按钮。

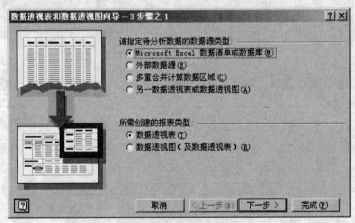

图 4-29　数据透视表之步骤 1

在向导的步骤 2 中，选择数据区域，如图 4-30 所示。

图 4-30　数据透视表之步骤 2

在向导的步骤 3 要选择数据透视表的位置。如图 4-31 所示，共有两种选择：如果选择"现有工作表"，则数据透视表与源数据在同一工作表中；如果想让透视表独立于数据源，就选择默认的"新建工作表"。最后，单击"完成"按钮退出向导，弹出如图 4-32 所示的对话框，用于设置数据透视表的布局。

本例中把单位设为页字段，在透视表生成后页字段会变为下拉列表的形式，而且自动在下拉的数据项前加上"全部"一项；把系别设为行字段，把性别设为列字段，把"实发工资"设为数据项。用鼠标把各按钮拖动到相应位置后得到结果，如图 4-33 所示。

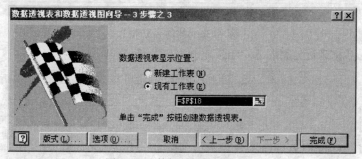

图 4-31　数据透视表之步骤 3

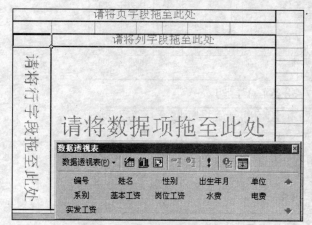

图 4-32　数据透视表的布局

单位	（全部）	▼	
求和项:实发工资	性别	▼	
系别	男	女	总计
电子商务	2050	2188	4238
给排水	2538		2538
计算机	2884	4909	7793
建筑	1804	1871	3675
总计	9276	8968	18244

图 4-33　数据透视表

四、上机实验

① 显示所有电器产品信息，样张如图 4-34 所示。

产品代▼	产品类▼	产品名▼	销售日▼	进价▼	零售价▼	数量▼	销售额▼	利润▼
100001	电器	电视机	2007-1-2	2400	2600	2	5200	400
100002	电器	冰箱	2007-1-2	1600	1800	1	1800	200
100001	电器	电视机	2007-1-3	2400	2600	1	2600	200
100003	电器	洗衣机	2007-1-3	1800	2000	2	4000	400
100004	电器	空调	2007-1-3	1680	1880	1	1880	200

图 4-34　电器产品信息

② 显示所有零售价在[1000,2000]之间的产品信息，样张如图 4-35 所示。

产品代▼	产品类▼	产品名▼	销售日▼	进价▼	零售价▼	数量▼	销售额▼	利润▼
100002	电器	冰箱	2007-1-2	1600	1800	1	1800	200
100003	电器	洗衣机	2007-1-3	1800	2000	2	4000	400
100004	电器	空调	2007-1-3	1680	1880	1	1880	200

图 4-35　零售价在[1000,2000]之间的产品信息样张

③ 根据产品类别和销售日期进行排序，样张如图 4-36 所示。

产品代号	产品类别	产品名称	销售日期	进价	零售价	数量	销售额	利润
100001	电器	电视机	2007-1-2	2400	2600	2	5200	400
100001	电器	电视机	2007-1-3	2400	2600	1	2600	200
100002	电器	冰箱	2007-1-2	1600	1800	1	1800	200
100003	电器	洗衣机	2007-1-2	1800	2000	2	4000	400
100004	电器	空调	2007-1-3	1680	1880	1	1880	200
200001	水果	苹果	2007-1-2	1.6	2	12	24	4.8
200001	水果	苹果	2007-1-3	1.6	2	21	42	8.4
200002	水果	橘子	2007-1-2	2	2.5	6	15	3

图 4-36　排序后样张

④ 根据产品名称进行分类汇总，样张如图 4-37、图 4-38 所示。

5	产品代号	产品类别	产品名称	销售日期	进价	零售价	数量	销售额	利润
6	100002	电器	冰箱	2007-1-2	1600	1800	1	1800	200
7			冰箱 汇总				1	1800	200
8	100001	电器	电视机	2007-1-2	2400	2600	2	5200	400
9	100001	电器	电视机	2007-1-3	2400	2600	1	2600	200
10			电视机 汇总				3	7800	600
11	200002	水果	橘子	2007-1-2	2	2.5	6	15	3
12			橘子 汇总				6	15	3
13	100004	电器	空调	2007-1-3	1680	1880	1	1880	200
14			空调 汇总				1	1880	200
15	200001	水果	苹果	2007-1-2	1.6	2	12	24	4.8
16	200001	水果	苹果	2007-1-3	1.6	2	21	42	8.4
17			苹果 汇总				33	66	13.2
18	100003	电器	洗衣机	2007-1-3	1800	2000	2	4000	400
19			洗衣机 汇总				2	4000	400
20			总计				46	15561	1416.2

图 4-37　分类汇总样张 1

5	产品代号	产品类别	产品名称	销售日期	进价	零售价	数量	销售额	利润
7			冰箱 汇总				1	1800	200
10			电视机 汇总				3	7800	600
12			橘子 汇总				6	15	3
14			空调 汇总				1	1880	200
17			苹果 汇总				33	66	13.2
18	100003	电器	洗衣机	2007-1-3	1800	2000	2	4000	400
19			洗衣机 汇总				2	4000	400
20			总计				46	15561	1416.2

图 4-38　分类汇总样张 2

⑤ 创建产品数据透视表，样张如图 4-39、图 4-40、图 4-41 所示。

求和项:销售额	产品名▼					
产品类别 ▼	冰箱	电视机	橘子	空调	苹果	洗衣机	总计
电器	1800	7800		1880		4000	15480
水果			15		66		81
总计	1800	7800	15	1880	66	4000	15561

图 4-39　数据透视表 1

求和项:销售额	产品名称 ▼				
产品类别 ▼	冰箱	电视机	空调	洗衣机	总计
电器	1800	7800	1880	4000	15480
总计	1800	7800	1880	4000	15480

图 4-40　数据透视表 2

计数项:销售额	产品名称 ▼				
产品类别 ▼	冰箱	电视机	空调	洗衣机	总计
电器	1	2	1	1	5
总计	1	2	1	1	5

图 4-41　数据透视表 3

第二部分　习　题

一、选择题

1. 在默认情况下，Excel 中工作簿文档窗口的标题为 Book1，其一个工作簿中有 3 个工作表，当前工作表为（　　　）。

   A. 工作表　　　　　B. Sheet　　　　　C. 工作表 1　　　　　D. Sheet1

2. 在 Excel 中可以创建多个工作表，每个工作表都由多行多列组成，它的最小单位是（　　　）。

   A. 工作簿　　　　　B. 字符　　　　　C. 单元格　　　　　D. 表

3. 表示同一个工作簿内不同工作表的单元格时，工作表名与单元格之间应使用（　　　）号分隔。

   A. :　　　　　　　　B. !　　　　　　　C. .　　　　　　　D. |

4. Excel 中的公式以（　　　）开头。

   A. $　　　　　　　　B. 》　　　　　　　C. =　　　　　　　D. #

5. 如果同时将单元格的格式和内容进行复制，则应该在编辑菜单中选择的命令是（　　　）。

   A. 选择性粘贴　　　B. 链接　　　　　C. 粘贴　　　　　D. 粘贴为超级链接

6. 在行号和列号前加 $ 符号，代表绝对引用。绝对引用表 Sheet2 中从 A2 到 C5 区域的公式为（　　　）。

   A. Sheet2!A2:C5　　　　　　　　　　B. Sheet2!$A$2:$C$5

   C. Sheet2!$A2:C5　　　　　　　　　　D. Sheet2!$A2:$C5

7. 在 Excel 中，当在 Sheet2 的 C1 单元格内输入公式时，需要引用 Sheet1 中 A2 单元格的数据，正确引用为（　　　）。

   A. Sheet1:A2　　　B. Sheet1(A2)　　　C. Sheet1A2　　　D. Sheet1!(A2)

8. 在选择图表类型时，要显示某个时间内在同一时间间隔内的变化趋势，应选择（　　　）。

   A. 柱形图　　　　　B. 条形图　　　　　C. 折线图　　　　　D. 面积图

9. 单元格 C1=A1+B1，将公式复制到 C2 时答案将为（　　　）的值。

   A. A1+B1　　　　　B. A2+B2　　　　　C. A1+B2　　　　　D. A2+B1

10. 对 Excel 2000 的自动填充功能描述正确的是（　　　）。

    A. 自动填充就是复制填充的数值

    B. 自动填充可以实现输入等差和等比数列以及自定义的数列

    C. 可以进行非连续单元格的自动填充

    D. 自动填充也能输入没有规律的数据

11. 一个工作簿里最多可容纳（　　　）个工作表。

    A. 255　　　　　　B. 256　　　　　　C. 1 024　　　　　D. 65 536

12. 如果同时将单元格的格式和内容进行复制，则应该在"编辑"菜单中选择（　　　）命令。

    A. 粘贴　　　　　　　　　　　　　　　B. 选择性粘贴

    C. 粘贴为超级链接　　　　　　　　　　D. 链接

13. Excel 2000 中默认的单元格引用是（　　　）。

    A. 相对引用　　　　B. 绝对引用　　　　C. 混合引用　　　　D. 三维引用

14. 对工作表的选取叙述不正确的是（　　　）。

    A. 对单张工作表选取，可用鼠标单击工作表标签实现

    B. 选取相邻的多张工作表，按住【Shift】键选中第一张表后再单击最后一张表即可

    C. 选取不相邻的多张表，按住【Ctrl】键分别选中各表即可

    D. 同时按住【Alt】和鼠标右键可选取所有工作表

15. 在 Excel 环境中，用来存储并处理工作表数据的文件，称为（　　　）。

    A. 单元格　　　　　　　B. 工作区　　　　　　C. 工作簿　　　　　　　　D. 工作表

16. 在 Excel 中的某个单元格中输入文字，若要使文字能自动换行，可利用"单元格格式"对话框的（　　　）选项卡，选中"自动换行"复选框。

    A. 数字　　　　　　　　B. 对齐　　　　　　　C. 图案　　　　　　　　　D. 保护

17. 在 Excel 中，若要对某工作表重新命名，可以（　　　）。

    A. 单击工作表标签　　　　　　　　　B. 双击工作表标签

    C. 单击表格标题行　　　　　　　　　D. 双击表格标题行

18. 在 Excel 的单元格内输入日期时，年、月、日分隔符可以是（　　　）（不包括引号）。

    A. "/"或"-"　　　　　B. "."或"|"　　　C. "/"或"\\"　　　D. "\\"或"-"

19. 在 Excel 2000 中，要在公式中使用某个单元格的数据时，应在公式中输入该单元格的（　　　）。

    A. 格式　　　　　　　　B. 附注　　　　　　C. 条件格式　　　　D. 名称

20. 在 Excel 的数据清单中，若根据某列数据对数据清单进行排序，可以利用工具栏上的"降序"按钮，此时用户应先（　　　）。

    A. 选取该列数据　　　　　　　　　　B. 选取整个数据清单

    C. 单击该列数据中的任意单元格　　　D. 单击数据清单中的任意单元格

二、填空题

1. 高级筛选与自动筛选不同，它必须要求建立_____。

2. 在 Excel 中输入的数据类型分为_____、_____、_____。

3. 在 Excel 中，一张工作表也可以直接当数据库工作表使用，此时要求表中的每一行为一个记录，且要求第一行为_____，其类型应为_____。

4. 单元格中文本的默认对齐方式是_____，而数字的默认对齐方式是_____。

5. 求和函数为_____，_____函数用来计算选定区域内数值的平均值。

6. 在工作簿中引用不同的工作表的单元格时，工作表与单元格名之间使用_____号分开。

7. 一般在单元格中输入公式确定后，在单元格显示_____，而在公式栏则显示_____。

8. 在 Excel 中，单元格的引用（地址）有_____和_____两种形式。

9. 在 Excel 中，假定存在一个数据库工作表，内含系科、奖学金、成绩等项目，现要求出各系科发放的奖学金总和，则应先对系科进行_____，然后选择_____菜单中的"分类汇总"命令。

10. 在 Excel 2000 中，运算符&表示_____。

第 5 章

文稿演示软件 PowerPoint 2000

第一部分 上机指导

一、实验目的

① 掌握演示文稿的制作与编辑。

② 掌握幻灯片中对象的加工与处理。

③ 掌握演示文稿的修饰以及幻灯片动画的设置方法。

④ 学会制作具有交互功能的演示文稿。

⑤ 掌握幻灯片播放效果的设置。

二、知识要点

1. 启动 PowerPoint 2000

比较常用的两种启动方法是：

① 从"开始"菜单启动：选择"开始"→"程序"→Microsoft PowerPoint 命令。

② 双击快捷图标启动：直接双击桌面上的 Microsoft PowerPoint 快捷图标。

2. 退出 PowerPoint 2000

有以下三种退出方法：

① 选择"文件"→"退出"命令。

② 单击屏幕右上角的"×"按钮。

③ 双击控制菜单图标。

注意：如果在退出 PowerPoint 2000 之前文件没有保存过或者做过修改，PowerPoint 会询问是否要保存对当前文件做过的修改。此时，用户要给以明确的回答（是或否），方可退出 PowerPoint。

3. 创建新的演示文稿

启动 PowerPoint 后，选择"文件"→"新建"命令，会弹出一个"新建演示文稿"对话框，PowerPoint 提供了以下三种方法创建新的演示文稿。

（1）内容提示向导

（2）设计模板

（3）空演示文稿

4. 保存和打开演示文稿

（1）保存文稿

单击"常用"工具栏上的"保存"按钮，或者选择"文件"→"保存"命令。如果是首次存盘，则系统在接收到保存命令时，会弹出一个"另存为"对话框，以便让用户指定文件名和保存位置。PowerPoint 文稿默认的文件扩展名为.ppt。

（2）打开文稿

对于已经保存的演示文稿，可以 PowerPoint 打开它，对它进行播放、演示或者修改。

打开演示文稿的操作为：选择"文件"→"打开"命令，或者单击"常用"工具栏上的"打开"按钮，弹出"打开"对话框，选定演示文稿所在的文件夹，然后在文件列表中选中要打开的演示文稿，单击"打开"按钮即可。

5. 幻灯片的基本操作

（1）插入新幻灯片

① 在最后插入新幻灯片。激活（选中）最后一张幻灯片，选择"插入"→"新幻灯片"命令，或单击"常用"工具栏上的"新幻灯片"按钮，在弹出的"新幻灯片"对话框中选择一种自动版式，单击"确定"按钮，就在文稿最后添加了一张新的幻灯片，接着输入并编辑内容即可。

② 在幻灯片之间插入新幻灯片。激活（选中）幻灯片插入位置的前一张幻灯片，选择"插入"→"新幻灯片"命令，或单击"常用"工具栏上的"新幻灯片"按钮，在弹出的"新幻灯片"对话框中选择一种自动版式，单击"确定"按钮，就在指定幻灯片的后面插入了一张新的幻灯片，接着输入并编辑内容即可。

（2）删除幻灯片

选中要删除的幻灯片，直接按【Del】键，或者选择"编辑"→"删除幻灯片"命令，该幻灯片立即就被删除了。

（3）改变幻灯片的次序

激活（选中）要改变次序的幻灯片，用鼠标拖动该幻灯片到所需的位置，放开鼠标，就把幻灯片排列到新的位置上了。

6. 设置幻灯片版式

制作新的幻灯片时，可以从 28 种自动版式中选择任意一种。每种自动版式的版面设置各不相同，可以按自己的需要选用。例如，有的版式提供标题、文本及图表的占位符，有的版式则提供标题和剪贴画的占位符。标题和文本占位符会采用演示文稿的幻灯片母版格式。可以对占位符执行移动、调整大小或重新设置格式等操作，使它们与幻灯片母版不同。

在创建新幻灯片时需要先进行版式选择，前面已经说明。在幻灯片创建后还可以重新更改其版式。方法如下：在幻灯片上右击，在弹出的快捷菜单中选择"幻灯片版式"命令，或者单击"常用"工具栏上的"幻灯片版式"按钮，在弹出的"幻灯片版式"对话框中选择一种版式。

需要注意的是，如果新的版式中没有所需的占位符，例如已经制作了一份图表，但新版式并不提供图表占位符，这时信息也不会失去。所有的对象仍然位于幻灯片上，但必须重排这些对象使它们配合新的版式。

7. 在演示文稿中输入文本

单击幻灯片中标题或文本占位符，即可直接在该处输入文本。

如果希望在幻灯片的占位符范围之外添加文本，选择"插入"→"文本框"→"垂直"/"水平"命令，或者单击"绘图"工具栏上的"文本框"/"竖排文本框"按钮。在幻灯片需要输入文字处拖动鼠标，然后在形成的文本框中输入文字即可。

在幻灯片中添加文本的其他方法还有添加自选图形、艺术字等，其过程与在 Word 中的操作是一样的。

8. 在演示文稿中插入图片

（1）在自动版式的幻灯片中插入剪贴画

如果选取的幻灯片版式中有剪贴画占位符，则直接用鼠标双击剪贴画占位符，弹出"Microsoft 剪辑图库"窗口，选取合适的剪贴画图片，单击"插入"按钮，即可将图片插入到剪贴画占位符中。

（2）在普通幻灯片中插入图片

选定要插入图片的幻灯片，选择"插入"→"图片"→"剪贴画"或"来自文件"命令，选取合适的剪贴画或指定文件夹下的图形文件，单击"插入"按钮，即可将剪贴画或图形文件插入到幻灯片中。根据幻灯片的布局，缩放图片的大小并将其移动到适当位置。

9. 在演示文稿中插入表格

在选取了自动版式为"表格"版式的幻灯片中，双击表格占位符，弹出与 Word 相同的"插入表格"对话框，在"列数"和"行数"文本框中分别输入要插入表格的列、行数，单击"确定"按钮即可。如同 Word 中的表格处理操作一样，用户可向表格中输入数据以及进行格式化操作。

10. 设置文本格式

（1）字体格式

选定要设置格式的文本，选择"格式"→"字体"命令，弹出"字体"对话框，设置完所需选项（如字体、字形、字号、颜色等）后，单击"确定"按钮即可。也可以通过单击工具栏上的相应命令按钮来设置。

（2）设置文本的背景

选定要设置背景的文本或文本占位符，单击"绘图"工具栏上的"填充颜色"按钮，选择一种填充颜色或者选择某种填充效果作为文本背景。

（3）项目符号和编号的使用

为了使文本具有清晰的层次结构，常常使用项目符号和编号，添加项目符号和编号的方法有如下两种：

① 选择要添加项目符号或编号的文本或文本占位符，选择"格式"→"项目符号和编号"命令，弹出"项目符号和编号"对话框，选择"项目符号项"或"编号项"选项卡，选择一种满意的项目符号或编号格式，通过"大小"数值框和"颜色"下拉列表框可以调整符号或编号的大

小和颜色，设置完成后单击"确定"按钮即可。

② 选中文本或文本占位符后，单击"格式"工具栏上的"项目符号"或"编号"按钮，可按默认项目符号或编号格式格式化选定文本，再次单击按钮，就可以取消项目符号或编号。

11. 修改幻灯片背景

可以为所有的幻灯片或某几张特殊的幻灯片重新设置背景，操作步骤如下：

① 选中需要调整背景的幻灯片。

② 选择"格式"→"背景"命令，或者在幻灯片的右键快捷菜单中选择"背景"命令，弹出"背景"对话框。

③ 单击"背景填充"的下拉箭头，从中选择一种颜色或者选择某种填充效果。

④ 选定后，单击"应用"按钮，则只在当前幻灯片中应用该背景；单击"全部应用"按钮，则将该背景应用于演示文稿中的每一张幻灯片。

12. 幻灯片母版

幻灯片母版用来设定文稿中所有幻灯片的文本格式，如字体、字号、颜色或背景对象等。也就是说，幻灯片母版可以为所有幻灯片设置默认版式和格式。通过修改幻灯片母版，可以统一改变文稿中所有幻灯片的文本外观。例如，在母版上放入一张图片，则所有的幻灯片的同一位置都将显示这张图片。利用母版的这种特性，可以在每张幻灯片上添加相同的文本、图片（如徽标）、添加页码和日期时间等。

查看和编辑文稿的幻灯片母版的操作为：选择"视图"→"母版"→"幻灯片母版"命令，切换到"幻灯片母版"视图。

需要说明的是，如果要为所有幻灯片添加自动更新的日期时间或者页码，必须选择"视图"→"页眉和页脚"命令，在弹出的"页眉和页脚"对话框中进行相应的选择设置。

13. 超链接

超链接是在放映幻灯片时，交互演示文稿，跳转至指定目标位置。超链接的起点是某张幻灯片上的任意对象，可以是文字、图片、艺术字、动作按钮等。设置方法：在选中的对象上右击，在弹出的快捷菜单中选择"超级链接"命令。超链接的目标可以是文稿中的某张幻灯片，Internet 的某个地址，可以是放映视频、播放声音，或者某个软件/程序。激活方式一般使用鼠标单击。

14. 动画设置

幻灯片通常由许多元素组成，如文字、文本框、图片、艺术字、表格等。这些元素都可以设置各自的动画效果，使幻灯片放映时更加生动。可以使用 PowerPoint 提供的预设动画方案，也可以使用自定义动画功能。设置方法：先选中幻灯片中要设置动画的元素，选择"幻灯片放映"→"预设动画"/"自定义动画"命令。

15. 幻灯片切换

幻灯片切换是幻灯片之间进行切换时，使下一张幻灯片以某种特定的方式出现在屏幕上的效果设置。设置方法：选择"幻灯片放映"→"幻灯片切换"命令。幻灯片切换方式有水平百叶窗、盒状收缩等可供选择；可以修改切换的效果，如速度、声音等；可以选择换片方式，是单击还是使用间隔时间；可以选择作用范围，是所选幻灯片还是所有幻灯片。

三、实验示例

利用 PowerPoint 2000 制作宣传学校的演示文稿（学校简介.ppt）。

1. 添加演示文稿第一页（封面）的内容（见图 5-1）

图 5-1　样张 1

① 单击"常用"工具栏上的"新建"按钮，在弹出的"新幻灯片"对话框中选择"标题幻灯片"版式，单击"确定"按钮。添加标题为"学校概括介绍"，副标题为"制作日期"。

② 插入学校的网址，并设置超级链接到相应主页。

a. 单击"绘图"工具栏上的"文本框"工具按钮，在幻灯片适当位置单击并输入学校网址。

b. 选中网址的文本内容，单击"常用"工具栏上的"插入超级链接"工具按钮，弹出"插入超级链接"对话框，如图 5-2 所示。选择链接到："原有文件或 Web 页"，在"请键入文件名称或 Web 页名称"文本框中输入将成为链接目标的 URL 网址，然后单击"确定"按钮。

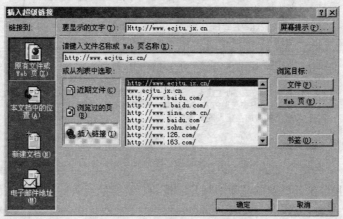

图 5-2　"插入超级链接"对话框

③ 插入学校的校徽标志。

选择"插入"→"图片"→"来自文件"命令，在弹出的"插入图片"对话框中，选择所需的图形文件（校徽标志），单击"插入"按钮即可。

④ 为校徽标志设置动画播放效果：在单击鼠标后呈"放大"显示。

a. 单击鼠标选中校徽标志的图片，选择"幻灯片放映"→"自定义动画"命令，弹出"自定义动画"对话框。

b. 在"效果"选项卡中，打开"动画和声音"下拉列表，在其中选择"缩放"效果，如图5-3所示。

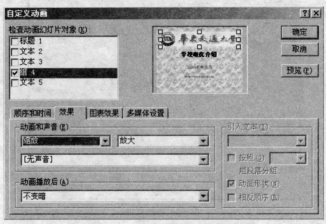

图 5-3 "自定义动画"对话框

c. 切换到"顺序和时间"选项卡，确认图片的"启动动画"方式为"单击鼠标时"。

d. 单击对话框中的"确定"按钮。

2. 添加演示文稿第二页（学校简介）的内容（见图 5-4）

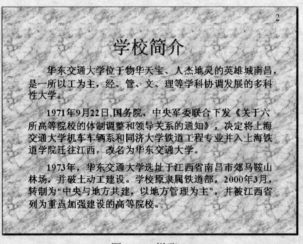

图 5-4 样张 2

① 单击"常用"工具栏中的"新幻灯片"按钮，选择"只有标题"版式，单击"确定"按钮。输入标题为"学校简介"。

② 单击"绘图"工具栏中的"文本框"按钮，在幻灯片的适当位置单击并输入学校简介。

③ 为文字设置动画播放效果：在单击鼠标后"按照第一层段落分组"、"从底部切入"。

a. 选中文本框，选择"幻灯片放映"→"自定义动画"命令，弹出"自定义动画"对话框。

b. 在"效果"选项卡中，打开"动画和声音"下拉列表，在其中选择"切入"效果。在右侧的"引入文本"组中，选中"按照第一层段落分组"复选框。

c. 切换到"顺序和时间"选项卡,确认图片的"启动动画"方式为"单击鼠标时"。

d. 单击对话框的"确定"按钮。

3. 添加演示文稿第三页(院系设置)的内容(见图 5-5)

图 5-5　样张 3

① 单击"常用"工具栏中的"新幻灯片"按钮,选择"项目清单"版式,单击"确定"按钮。输入标题为"院系设置"。

② 为每个专业名称设置特殊的项目符号,符号颜色为红色。

a. 在"项目清单"文本占位符中,输入各专业的名称。

b. 选中各专业名称,选择"格式"→"项目符号和编号"命令,弹出"项目符号和编号"对话框。

c. 单击"项目符号项"选项卡中的"字符"按钮,弹出"项目符号"对话框。在"项目符号来源"下拉列表中选择 Wingdings 选项,然后选中所需的符号,如图 5-6 所示。

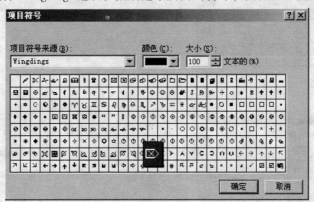

图 5-6　"项目符号"对话框

d. 在"颜色"下拉列表中选择"红色"选项,最后单击"确定"按钮。

③ 插入校园风景图片。

选择"插入"→"图片"→"来自文件"命令,在弹出的"插入图片"对话框中,选择所需的图形文件(校园风景),单击"插入"按钮即可。

4. 添加演示文稿第 4 页~第 10 页(各个院系的详细介绍)

要求在每页中插入返回第三页的动作按钮。

① 参照第二页（学校简介）操作步骤中的（1）～（2），在演示文稿中插入并设置第 4 页的文字内容及格式，如图 5-7 所示。

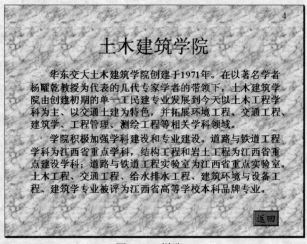

图 5-7　样张 4

② 插入"返回"动作按钮返回至幻灯片第 3 页：

a. 单击"绘图"工具栏中的"自选图形"→"动作按钮"命令，在弹出的动作按钮列表中选择"自定义"按钮。

b. 在幻灯片的适当位置单击绘出该动作按钮，并同时弹出"动作设置"对话框，如图 5-8 所示。在"超级链接到"下拉列表框中选择"幻灯片…"选项，进一步弹出如图 5-9 所示的"超级链接到幻灯片"对话框，选择第三张幻灯片，然后单击"确定"按钮。

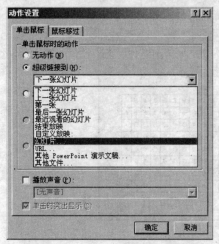

图 5-8　"动作设置"对话框　　　　图 5-9　"超级链接到幻灯片"对话框

c. 在动作按钮上右击，在弹出的快捷菜单中选择"添加文本"命令，输入"返回"，设置字体格式，适当调整动作按钮的大小及位置。

③ 快速制作第 5 页～第 10 页幻灯片：

a. 切换到第 4 页幻灯片，选择"插入"→"幻灯片副本"命令，系统将添加一个与第 4 页完全相同（包括内容、格式和动作按钮）的新幻灯片。

　　b. 将其中的文字内容修改正确后，即可完成一张新幻灯片的制作。

　　5. 插入超级链接

　　在第 3 页幻灯片中，为每个院系名称插入超级链接，分别链接到各个院系的详细介绍幻灯片（第 4 页～第 10 页）。

　　① 切换到第 3 页幻灯片。

　　② 选中某院系名称的文本内容，然后单击"常用"工具栏中的"插入超级链接"工具按钮，弹出"插入超级链接"对话框，如图 5-10 所示。选择链接到"本文档中的位置"，在"请选择文档中的位置"列表框中，选择将成为链接目标的幻灯片，单击"确定"按钮。

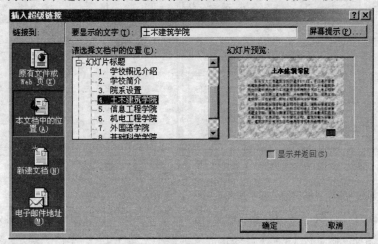

图 5-10　"插入超级链接"对话框

　　6. 在每张幻灯片的右上角位置加入幻灯片编号

　　① 选择"视图"→"母版"→"幻灯片母版"命令，弹出当前演示文稿的幻灯片母版。单击位于右下角的"数字区"文本框（即幻灯片编号区），使之周围出现 8 个控制点，如图 5-11 所示。

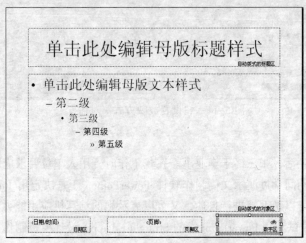

图 5-11　"幻灯片母版"视图

　　② 拖动该文本框，将其移动到母版右上角的适当位置，进行字体格式设置。

　　③ 选择"视图"→"页眉和页脚"命令，弹出"页眉和页脚"对话框，将"幻灯片编号"

前的复选框选中，如图 5-12 所示，然后单击"全部应用"按钮。

7. 设置演示文稿的背景为"白色大理石"的纹理填充效果

① 选择"格式"→"背景"命令，弹出"背景"对话框。

② 在"背景填充"下拉列表框中选择"填充效果"命令，弹出"填充效果"对话框。

③ 在"纹理"选项卡中（见图 5-13），单击"白色大理石"选项后，单击"确定"按钮，返回"背景"对话框，再单击"全部应用"按钮即可。

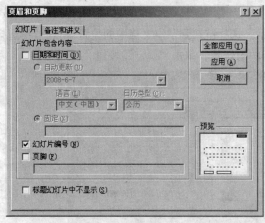

图 5-12　"页眉和页脚"对话框　　　　图 5-13　"填充效果"对话框

8. 设置演示文稿为"循环放映"方式

① 选择"幻灯片放映"→"设置放映方式"命令，弹出"设置放映方式"对话框。

② 选中"循环放映，按【Esc】键终止"复选框（见图 5-14），单击"确定"按钮。

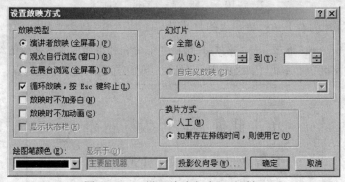

图 5-14　"设置放映方式"对话框

四、上机实验

经过四年的大学生活，张三终于毕业了。在找工作时，用人单位要求应聘者做 3 分钟的自我介绍。她想到在大学期间学过演示文稿制作软件 PowerPoint，于是决定用 PowerPoint 做一个简单的演示文稿。这样既可以帮助她进行自述，又可以展示她的计算机应用能力，真可谓一举两得。

假设自己是张三，试利用 PowerPoint 中的 Straight Edge.pot 设计模板制作一个个人简历演示文稿，具体内容如下：

① 添加第一页幻灯片（封面）的内容，版式为"标题幻灯片"，如图 5-15 所示。

② 添加第二页幻灯片，版式为"文本与剪贴画"。插入的剪贴画来自"办公室"类别中的"日

历"，如图 5-16 所示。

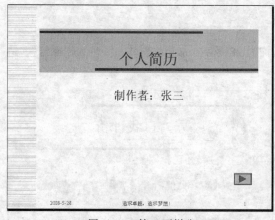

图 5-15　第一页样张

图 5-16　第二页样张

③ 添加第三页幻灯片，版式为"表格"，如图 5-17 所示。

a. 双击"表格"占位符，在弹出的"插入表格"对话框中选择 5 行 5 列，再参照 Word 2000 中的表格操作方法将某些单元格合并。

b. 为表格标题单元格设置填充颜色为"淡黄色"（如姓名、性别、出生年月等单元格），其中字体颜色为"黑色"，表格内的所有字体加粗。

c. 在照片对应单元格插入一张照片，这里选择插入一张 QQ 头像，所在目录一般为：D:\ Program Files\Tencent\QQ\NEWFACE 或 C:\Program Files\Tencent\QQ\NEWFACE，插入图片以后，利用鼠标调整图片至单元格的大小。

④ 添加第四页幻灯片，版式为"项目清单"，如图 5-18 所示。

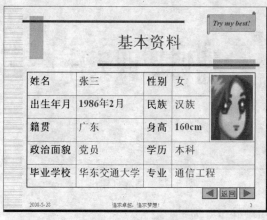

图 5-17　第三页样张

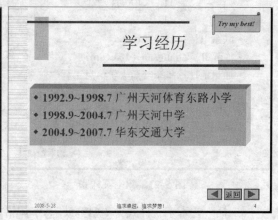

图 5-18　第四页样张

设置文本填充颜色为淡黄色，并为其设置"三维样式 1"的三维效果，适当调整文本框的大小和位置。

⑤ 添加第五页幻灯片，版式为"项目清单"，如图 5-19 所示。

a. 设置文本填充效果为"浅色竖线"图案，字体为"隶书"并加粗。

b. 利用工具栏中的"降级"按钮，将个别文本降为"二级文本"，二级文本显示为深红色。

c. 更改"一级文本"的项目符号，采用数字编号；设置"二级文本"的项目符号为"√"，将符号大小设置为"文本的80%"。

⑥ 添加第6页幻灯片，版式为"只有标题"，如图 5-20 所示。

插入两排艺术字，样式为"波形"。字体格式均为 28 号字、加粗、斜体，颜色为"深红"，适当调整位置。

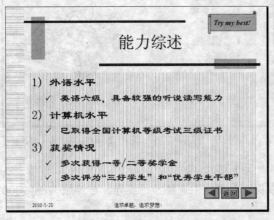

图 5-19　第五页样张 （左）

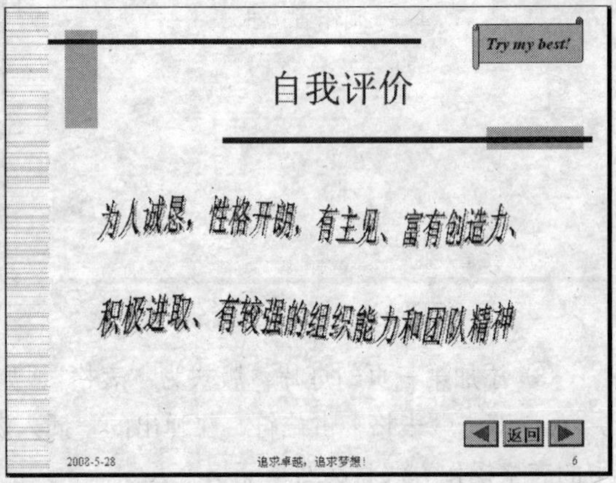

图 5-20　第六页样张 （右）

⑦ 添加第七张幻灯片，版式为"项目清单"，如图 5-21 所示。在右下角插入一幅剪贴画，来自"通信"类别中的"通信"，调整剪贴画至适当大小。

⑧ 添加第八页幻灯片，版式为"空白"，如图 5-22 所示。

图 5-21　第七页样张 （左）

图 5-22　第八页样张 （右）

a. 插入艺术字，样式为"朝鲜鼓"。字体格式：72 号、加粗。

b. 设置该幻灯片背景的填充效果为纹理"画布"。

⑨ 为幻灯片添加自动更新的日期、页脚（内容为"追求卓越，追求梦想！"）以及幻灯片编号。在各幻灯片右上角插入一个自选图形，具体为："自选图形"→"星与旗帜"→"横卷形"，在其内部显示文本 try my best!，字体格式：20 号字、加粗、斜体。

⑩ 分别为第二页幻灯片内的 5 行文本设置超级链接，使之能链接到文本内容所在的幻灯片。

⑪ 在各幻灯片中设置动作按钮，其中"返回"按钮链接至第二页幻灯片；左/右箭头按钮分

别表示链接到上一张/下一张幻灯片；第八页幻灯片的动作按钮则链接到第一张幻灯片。

⑫ 为第六页幻灯片中的艺术字分别设置动画效果："螺旋"和"阶梯状"，注意动画先后顺序；为第七页幻灯片中的图片设置动画效果：从底部切入。

⑬ 设置所有幻灯片的切换方式为"随机"式，速度为中速。设置第一页幻灯片的播放时间为 2S。

⑭ 放映幻灯片，观察其效果，分别利用链接，使它们能转到不同的幻灯片。

⑮ 保存演示文稿为"个人简历.ppt"，存放在自己的账号下，退出 PowerPoint。

第二部分　习　　题

一、选择题

1. PowerPoint 2000 中默认的新建文件名是（　　　）。
   A. Sheet1　　　　　　　B. 演示文稿 1　　　　C. Book1　　　　　D. 文档 1

2. 关闭 PowerPoint 时，如果不保存修改过的文档，会有（　　　）后果。
   A. 系统会发生崩溃　　　　　　　　　B. 刚刚修改过的内容将会丢失
   C. 下次 PowerPoint 无法正常启动　　　D. 硬盘产生错误

3. PowerPoint 总共提供（　　　）种视图模式。
   A. 4　　　　　　　　　B. 5　　　　　　　　C. 6　　　　　　　　D. 7

4. 创建新的 PowerPoint 一般使用下列（　　　）项。
   A. 内容提示向导　　　B. 设计模板　　　　C. 空演示文稿　　　D. 打开已有的演示文稿

5. 在 PowerPoint 中，选择幻灯片中的文本时，应该用鼠标（　　　）操作。
   A. 用鼠标选中文本框，再进行复制
   B. 在"编辑"菜单中选择"全选"命令
   C. 将鼠标点在所要选择的文本的前方，按住鼠标右键不放并拖动至所要位置
   D. 将鼠标点在所要选择的文本的前方，按住鼠标左键不放并拖动至所要位置

6. 在 PowerPoint 中，下列有关移动和复制文本的叙述中，不正确的是（　　　）。
   A. 文本在复制前，必须先选定　　　　B. 复制文本的快捷键是【Ctrl+C】
   C. 文本的剪切和复制没有区别　　　　D. 文本能在多张幻灯片间移动

7. 在 PowerPoint 中，设置文本的字体时，要想使所选择的文本字体加粗，在"常用"工具栏中的快捷按钮是下列选项中的（　　　）选项。
   A. A　　　　　　　　　B. B　　　　　　　　C. I　　　　　　　　D. U

8. 在 PowerPoint 中，创建表格时，要从菜单栏中的（　　　）菜单进入。
   A. 视图　　　　　　　B. 插入　　　　　　　C. 格式　　　　　　　D. 工具

9. 下列关于幻灯片母版的叙述中，不正确的是（　　　）。
   A. 如果在母版中将标题的颜色设置为红色，则所有幻灯片的标题将自动变为红色
   B. 如果在母版中将标题设置为"飞入"动画，则播放时所有幻灯片的标题都将具有"飞入"的动画效果
   C. 可以为某张幻灯片设置与母版不一致的背景效果
   D. 母版中的格式与对象可以修改，但不能删除

10. 下列关于 PowerPoint 2000 页眉与页脚的叙述中，错误的是（　　　）。

    A. 可以插入时间和日期

    B. 可以自定义内容

    C. 页眉和页脚的内容在各种视图下都能看到

    D. 在编辑页眉页脚时，不能对幻灯片正文内容进行操作

11. 选择（　　　）命令才能弹出"动画效果"工具栏。

    A. "视图"→"工具栏"→"动画效果"　　B. "工具"→"自定义"

    C. "幻灯片放映"→"自定义动画"　　　　D. "视图"→"工具栏"→"控制"工具箱

12. 自定义动画的操作应该在（　　　）菜单中选择。

    A. 编辑　　　　　　　　　　　　B. 视图

    C. 幻灯片放映　　　　　　　　　D. 工具

13. "动作设置"对话框中的"鼠标移过"表示（　　　）。

    A. 所设置的按钮采用单击鼠标执行动作的方式

    B. 所设置的按钮采用双击鼠标执行动作的方式

    C. 所设置的按钮采用自动执行动作的方式

    D. 所设置的按钮采用鼠标移过动作的方式

14. 在下列选项中，不属于 PowerPoint 的窗口部分的是（　　　）。

    A. 幻灯片区　　　　　B. 大纲区　　　　　C. 备注区　　　　　D. 播放区

15. 下列关于 PowerPoint 的叙述中，正确的是（　　　）。

    A. PowerPoint 是 IBM 公司的产品　　　　B. PowerPoint 只能通过双击演示文稿文件打开

    C. 打开 PowerPoint 有多种方法　　　　　D. 关闭 PowerPoint 时一定要保存对它的修改

16. 在 PowerPoint 2000 的大纲视图中，不能进行的操作是（　　　）。

    A. 调整幻灯片的顺序　　　　　　　　B. 编辑幻灯片中的文字和标题

    C. 设置文字和段落格式　　　　　　　D. 删除幻灯片中的图片

17. 在 PowerPoint 中，有关在幻灯片的占位符中添加文本的方法错误的是（　　　）。

    A. 单击标题占位符，将插入点置于该占位符内

    B. 在占位符内，可以直接输入标题文本

    C. 文本输入完毕，单击幻灯片旁边的空白处就行了

    D. 文本输入中不能出现标点符号

18. 在 PowerPoint 2000 幻灯片中插入的超级链接可以链接到（　　　）。

    A. Internet 上的 Web 页　　　　　　　B. 电子邮件地址

    C. 本地磁盘上的文件　　　　　　　　D. 以上均可以

19. 在 PowerPoint 中设置文本的字体时，下列是关于字号的叙述，正确的是（　　　）。

    A. 字号的数值越小，字体就越大　　　B. 字号是连续变化的

    C. 66 号字比 72 号字大　　　　　　　D. 字号决定了每种字体的尺寸

20. 在 PowerPoint 中，设置文本的段落格式的行距时，设置的行距值是指（　　　）。

    A. 文本中行与行之间的距离用相对的数值表示其大小

    B. 行与行之间的实际距离，单位是 mm

  C.　行间距在显示时的像素个数

  D.　以上答案都不对

二、填空题

1.　启动 PowerPoint 后，在弹出的对话框中列出了_____、_____以及_____三种创建新演示文稿的方法。

2.　在 PowerPoint 中，可以对幻灯片进行移动、删除、复制、设置动画效果，但不能对单独的幻灯片的内容进行编辑的视图是_____。

3.　如要在幻灯片浏览视图中选定若干张幻灯片，那么应先按住_____键，再分别单击各幻灯片。

4.　PowerPoint 是一种帮助人们制作_____的专业化软件。

5.　PowerPoint 自动将演示文稿的扩展名设为_____。

6.　插入新幻灯片的快捷键是_____。

7.　在 PowerPoint 幻灯片的放映状态下，按_____键可以退出放映。

8.　控制幻灯片外观的方法有 4 种：_____、设计模板、_____和配色方案。

9.　PowerPoint 提供两种模板：_____和内容模板。前者包含预定义的格式和配色方案，后者包含的格式和配色方案与前者相同，加上针对特定主题提供的建议内容。

10.　PowerPoint 的幻灯片版面上有一些带有文字提示的虚框，这些虚框称为_____。

11.　在 PowerPoint 中，如果想插入一张与前一张幻灯片一模一样的幻灯片，可以选择"插入"菜单中的_____命令。

12.　PowerPoint 提供了多种预先设置的动画，可选择"幻灯片放映"菜单中的_____来实现。

13.　演讲者常常需要针对不同观众展示不同的内容。在这种情况下，可利用 PowerPoint 提供的_____功能。

14.　PowerPoint 演示文稿的放映方式可以设置为_____（全屏幕）、观众自行浏览（窗口）、_____（全屏幕）。

15.　在打印幻灯片时，如果希望在一张纸上打印多张幻灯片，应该在"打印"对话框的打印内容下选择_____选项。

第**6**章

计算机网络基础

第一部分　上机指导

实验一　网页浏览器的使用

一、实验目的

① 掌握 IE 浏览器的基本使用方法。

② 掌握收藏 URL 及整理收藏夹的方法。

③ 掌握 IE 浏览器的选项设置方法。

二、知识要点

1. 浏览器的启动与退出

① IE 浏览器的常用启动方法有三种：

* 双击桌面上的 Internet Explorer 图标。

* 单击任务栏快速启动区的 Internet Explorer 按钮。

* 选择"开始"→"程序"→Internet Explorer 命令。

② 退出 IE 浏览器的方法如下：

* 选择"文件"→"关闭"命令。

* 单击浏览器窗口右上角的"×"按钮。

2. 使用 IE 浏览网页

在 IE 中打开网页的方法有很多种，介绍如下：

① 直接在地址栏中输入要浏览网页的网址（URL）。

② 利用网页中的超级链接浏览网页。

③ 使用导航按钮浏览。

导航按钮就是 IE 工具栏上最左侧的 5 个按钮，如图 6–1 所示。

* "后退"按钮：返回到上一个网页。

图 6–1　IE 工具栏上的导航按钮

* "前进"按钮：返回到单击"后退"按钮前的网页。

- "停止"按钮：停止当前网页的载入。
- "刷新"按钮：重新载入网页，可及时阅读网页的更新信息。
- "主页"按钮：返回到起始页面，即每次打开浏览器时所看到的起始页面。

④ 用历史记录访问网页。

⑤ 使用链接栏访问网页。

⑥ 利用 IE 的搜索功能搜索查看网页。

3. IE 浏览器的选项设置

选择"工具"→"Internet 选项"命令，打开"Internet 选项"对话框。在"常规"选项卡中，可进行一些基本选项的设置；选择"高级"选项卡，则可以对浏览器的更多高级选项内容进行设置。

4. 收藏夹的使用

将某个打开的网站保存到收藏夹有以下三种方法：

① 选择 IE 浏览器的"收藏"→"添加到收藏夹"命令。

② 单击工具栏上的"收藏"按钮，在左边打开的收藏夹窗口中单击"添加"按钮。

③ 按【Ctrl + D】快捷键收藏该网页。

5. 保存网页信息

（1）保存整个页面

打开网页后，选择"文件"→"另存为"命令，将网页保存到磁盘上。

（2）保存网页上的图片

在打开的网页中，在要存盘的图片上右击，选择"图片另存为"命令，选择保存路径，输入文件名，最后单击"保存"按钮。

（3）保存目标链接

可以在不打开此链接的情况下，将链接目标保存到硬盘。将光标移到要保存的超级链接上右击，在弹出的快捷菜单中选择"目标另存为"命令，弹出"文件下载"对话框，紧接着出现"另存为"对话框，选择保存路径，输入文件名，最后单击"保存"按钮。

（4）保存网页上的文字

拖动鼠标，选定要保存的文字块。选择"编辑"→"复制"命令，把选定的文字块复制到剪贴板中，切换到其他应用程序（Word、记事本、写字板），选择"编辑"→"粘贴"命令。

三、实验示例

1. 浏览网页

例如，要访问搜狐网的主页，则可以在 IE 地址栏中直接输入网站的地址：http://www.sohu.com/，连接后的网页如图 6-2 所示。在网页中，若鼠标指向某些文字或图形后变成手形图标，则表示其为一个链接，单击即可进入这个链接所指向的网页。

2. 浏览器常规选项设置

选择"工具"→"Internet 选项"命令，弹出"Internet 选项"对话框，选择"常规"选项卡，如图 6-3 所示。

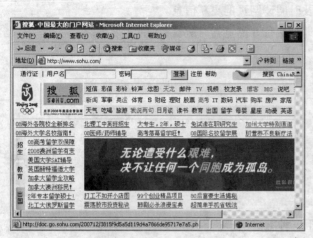

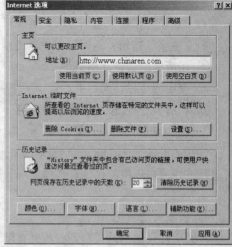

图 6-2　搜狐网主页　　　　　　　　　　图 6-3　"常规"选项卡

（1）更改浏览器的起始主页

在"地址"文本框中设置每次启动 IE 浏览器后的初始页面，可以设置为任意的网址，也可以设置为空白页。例如，图 6-3 中将默认主页地址改为 http://www.chinaren.com。

（2）删除浏览网页的临时文件

通过浏览器浏览网页时，其文件保存在一个临时缓冲区中。这个缓冲区保持合理大小，可以更多地保存网页临时文件，进而提高访问网站的速度。但缓冲区太大，也可能导致系统总体空间的减少。因此，有时需要清空 Internet 缓存文件，以腾出系统空间。单击"Internet 临时文件"框中的"删除文件"按钮即可删除硬盘上保存的 Internet 临时文件。

（3）清除浏览的历史记录

IE 将一些浏览过的网页自动保存在本地机器中，单击工具栏中的"历史"工具按钮，可以显示访问的历史记录，如图 6-4 所示。要清除这些访问记录，只需单击"历史记录"框中的"清除历史记录"按钮即可。另外，可以更改网页保存在历史记录中的天数，默认值为 20 天。

图 6-4　IE 历史记录栏

3. Internet 高级选项设置

Internet 选项中的高级设置很多，例如给链接加下划线的方式，是否显示网页中的图片，是否播放网页中的动画、声音、视频等。下面举例说明如何取消网页中视频的自动播放。

选择"工具"→"Internet 选项"命令，选择"高级"选项卡，在"多媒体"选项组中，取消选中"播放网页中的视频"复选框，如图 6-5 所示。最后，单击"确定"按钮即可。

4. IE 收藏夹的管理

如果对浏览过的网站感兴趣，可以保存其地址，以便下次访问。IE 收藏夹是管理这些地址的目录，可以添加、删除自定义的子目录。例如，在收藏夹中建立一个"个人收藏"子目录，操作步骤如下：启动 IE，单击"收藏"菜单，可以看到一些收藏夹里的子目录及一些已收藏的网页地址，如图 6-6 所示。选择其中的"整理收藏夹"命令，弹出如图 6-7 所示的对话框，单击"创建文件夹"按钮，输入"个人收藏"即可。

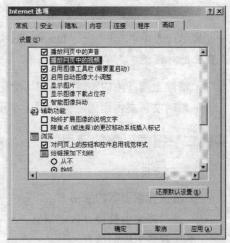

图 6-5　"高级"选项卡

图 6-6　IE"收藏"菜单

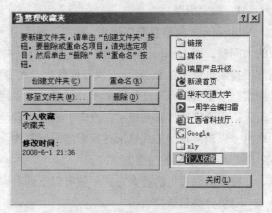

图 6-7　"整理收藏夹"对话框

四、上机实验

① 访问新浪网站的主页（http://www.sina.com.cn）。将此网页收入收藏夹中，取名为"我的新浪"，并允许 IE 浏览器在脱机方式下访问新浪网站的主页。

② 将当前网页保存至本地硬盘的"我的文档"中，文件名为 wy.html。

③ 打开华东交通大学的主页（http://www.ecjtu.jx.cn），并将其设置为 IE 浏览器的默认初始主页。

④ 在收藏夹中创建一个新文件夹，名字为"我的收藏"。把学校主页收藏到该文件夹中，并将新浪网站的网址也移动至该文件夹下。

⑤ 从收藏夹中删除新浪网站的网址。

⑥ 为加快 Web 的显示速度，设置在显示网页时不播放声音、动画和视频以及图片对象。设置完成后，单击工具栏中的"刷新"按钮，查看效果。

⑦ 恢复网页中图片的显示设置，单击工具栏的"刷新"按钮，查看效果。

⑧ 打开 IE 的历史记录栏，并让历史记录栏中的网址列表按照访问次数排序显示。

⑨ 清除上网记录。

- 清除上网产生的表单、密码。

提示：选择"工具"→"Internet 选项"命令，选择"内容"选项卡，单击"自动完成"按钮，在弹出的对话框中，单击"清除表单"、"清除密码"按钮。

- 清除上网产生的临时文件和历史记录，并把保存的历史文件天数设置为 7 天，将 Internet 临时文件夹占用的磁盘空间大小设置为 30MB。

实验二　搜索引擎的使用

一、实验目的

① 掌握搜索引擎的使用方法。

② 通过搜索引擎搜寻指定信息。

③ 保存搜索到的信息。

二、知识要点

1. 搜索引擎

Internet 上的信息浩如烟海，网络资源无穷无尽，如何快速找到所需要的资源是摆在我们面前的大问题，而 Internet 上的搜索引擎为我们解决了这个问题。

搜索引擎是在 Internet 上执行信息搜索的专用工具，它们可以对 Internet 上的网页进行分类和检索。搜索引擎有自己的数据库，保存了很多网页的检索信息，而且一直都在不断地更新。用户输入一个特定的搜索关键字，搜索引擎就会自动进入索引数据库将所有与搜索关键字匹配的条目取出，以超链接的形式显示在搜索结果网页中。

2. 搜索引擎的搜索方式

搜索引擎提供的搜索方式一般有以下两种。

（1）分类目录搜索

由于网络上的信息多，搜索引擎将各类网站和信息按内容整理分类，用户可以按类别一层一层地向下检索，直到找到需要的网站或信息为止，这就是分类目录搜索。

（2）关键字检索

如果寻找的目标确定，分类明显，就可以使用上面的分类搜索方法。然而很多时候，我们的目标不是十分确定，结果也可能不止一个，这时采用关键字搜索就更为方便快捷。关键字检索就是查找包含用户输入的关键字的网页。

3. 常用的中文搜索引擎

- 搜狐：http://www.sohu.com。
- 新浪网：http://www.sina.com.cn。
- 网易搜索：http://www.163.com。
- 中国雅虎：http://cn.yahoo.com/。
- Google 搜索：http://www.google.com。
- 百度中文搜索：http://www.baidu.com。

以上列出的搜索引擎有些是各大网站自身所带的搜索引擎，有些是专业搜索引擎，例如百度和 Google 搜索引擎。不同的搜索引擎在使用方法上可能有小的区别，但基本使用方式是相同的。可以根据个人需要和爱好自行选择。

三、实验示例

现在以常用的"百度"搜索引擎为例，介绍实现信息检索的方法。它是一个专业的关键字搜索引擎，功能强大，速度快捷，已获得广大网民的青睐。

在 IE 地址栏中输入网址 http://www.baidu.com，就可以访问百度搜索引擎，如图 6-8 所示。

图 6-8　百度搜索引擎

1. 百度的搜索界面

第一行为搜索类别：分为新闻、网页、贴吧、知道、MP3、图片、视频共 7 类，可根据需要进行类别选定。系统默认的是"网页"类别。

第二行为关键字输入框：只需要在框内输入需要查询的内容，按【Enter】键，或者用鼠标单击"百度一下"按钮就可以开始搜索。

百度搜索速度很快，搜索任务结束后，会将搜索到的符合条件的所有网页的条目显示在浏览器中，并把最相关的网站或资料排在前列。如果搜索出的条目很多，则将搜索结果分成多页，用户可以一页一页地查看。

2. 百度搜索引擎使用说明

（1）多关键词检索

关键词，就是输入搜索框中的文字，可以是任何中文、英文、数字或中英文数字的混合体，甚至可以输入一句话。例如，可以搜索"大话西游"、windows、"911"、"F-1 赛车"等。为获得更精确的搜索结果，可输入多个关键词进行搜索，各个关键词之间用空格隔开。

例如，想了解上海人民公园的相关信息，在搜索框中输入"上海人民公园"，如图 6-9 所示。这样获得的搜索结果会比只输入"人民公园"得到的结果更好。

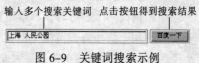

图 6-9　关键词搜索示例

注意：百度搜索引擎严谨认真，要求"一字不差"。因此，关键词必须准确。如果对搜索结果不满意，建议检查输入文字有无错误，并换用不同的关键词搜索。当要查的关键词较为冗长时，建议将其拆成几个关键词来搜索。

（2）使用双引号和书名号进行精确匹配检索

① 双引号（""）的用法：

如果输入的查询词很长，百度在经过分析后，给出的搜索结果中的查询词可能是拆分的。如果对这种情况不满意，可以尝试让百度不拆分查询词。给查询词加上双引号，就可以达到这种效果。例如，搜索"北京奥运"，如果不加双引号，搜索结果被拆分，效果不是很好，但加上双引号后，获得的结果就全是符合要求的，结果如图 6-10 所示。

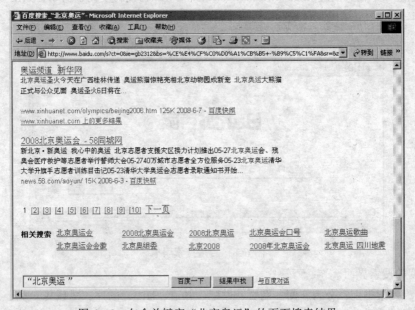

图 6-10　包含关键字"北京奥运"的页面搜索结果

② 书名号（《》）的用法：

书名号是一个特殊查询语法。加上书名号的查询词，有两层特殊功能：一是书名号会出现在搜索结果中；二是被书名号括起来的内容，不会被拆分。书名号在某些情况下特别有效，例如查询名字很通俗和常用的那些电影或者小说。例如，查电影"手机"，如果不加书名号，很多情况下出来的是通信工具——手机，而加上书名号后，结果就都是关于电影《手机》方面的资料。

（3）使用"＋"和"－"进行限制性检索

① 加号的用法：

当需要检索结果中包含有两个或两个以上的内容时，就可以把几个条件之间用"＋"号连接起来。这样关键字串一定要出现在结果中，例如想查询那英的歌曲《征服》，可以输入"那英＋征服"。

② 减号的用法：

当在查询某个题材时，不希望在这个题材中包含另一个题材，就可以使用"－"号减除无关资料，有利于缩小查询范围。但减号之前必须留一空格，语法是"A－B"。例如，要搜寻"武侠小说"，但又不希望其中包含"古龙"的资料，就可以在搜索框中输入"武侠小说－古龙"。减号的作用就在于可以使搜索的结果中反映用户的需求，让用户无须为大量无关的搜索结果而头疼。

（4）并行搜索

可以使用格式"A｜B"来搜索"或者包含关键词 A，或者包含关键词 B"的网页。例如，要

查询"计算机"或"电脑"的相关资料，无须分两次查询，只要输入"计算机|电脑"搜索即可。百度会提供跟"|"前后任何关键词相关的网站和资料。

（5）相关搜索

如果无法确定输入什么关键词才能找到满意的资料，百度的相关搜索可以提供帮助。先输入一个简单词语搜索，然后百度搜索引擎会提供其他用户搜索过的相关搜索词作为参考。点击任何一个相关搜索词，都能得到相关搜索词的搜索结果。

（6）百度快照

上网时，有时会遇到"该页无法显示"（找不到网页的错误信息）的情况，或者某些网页连接速度缓慢，要十几秒甚至几十秒才能打开。出现这种情况的原因很多，例如网站服务器暂时中断或堵塞、网站已经更改链接等。使用百度快照能很好地解决这个问题，让用户不再受死链接或网络堵塞的影响。

百度搜索引擎已先预览各网站，拍下网页的快照，为用户存储大量应急网页。百度快照功能在百度的服务器上保存了几乎所有网站的大部分页面，在用户不能链接所需网站时，百度暂存的网页也可救急，而且通过百度快照寻找资料要比常规链接的速度快得多。在快照中，关键词均已用不同颜色在网页中标明，一目了然。单击快照中的关键词，可直接跳到它在文中首次出现的位置，使浏览网页更方便。

（7）MP3 搜索

在百度首页选择 MP3 搜索类别，进入百度的 MP3 搜索页面，如图 6-11 所示。在输入框下方可以进一步选择文件类型，例如 MP3、RM、WMA、铃声、彩铃、视频、歌词等。系统默认的是"全部音乐"类型。

图 6-11　百度 MP3 搜索页面

例如，要搜索一首 MP3 格式的歌曲"风雨无阻"，只需在搜索框中输入关键词"风雨无阻"，在下方选择 MP3 类型，就可以搜到各种版本的相关 MP3 音乐文件，如图 6-12 所示。单击"试听"链接，就会打开试听页面，可以在线试听；单击"歌词"链接，可以查阅该歌曲的歌词；如果对歌曲满意，则在歌曲名上右击，选择"目标另存为"命令，即可将该 MP3 文件下载到本地。

图 6-12　MP3 搜索结果

（8）图片搜索

百度有强大的图片搜索功能，选择"图片"搜索类别，然后输入有关图片描述的关键字，即可进行图片搜索。

如图 6-13 所示是搜索"西湖风景"的结果。图片以缩略图的形式显示，单击图片即可查看原图；右击图片，在弹出的快捷菜单中可以选择保存图片或者直接将图片设置为桌面背景。在搜索结果中有各种格式和各种大小的图片。如果想查找适合做桌面背景的图片，可以在搜索框下方选择"壁纸"选项，重新进行搜索。

图 6-13　图片搜索

（9）高级搜索

如果想对搜索进行更多更细的设置，可以单击百度搜索工具栏右侧的"高级"链接，即可打开如图 6-14 所示的"高级搜索"页面，通过里面各种高级搜索选项的设置，可以更精确地查找内容。

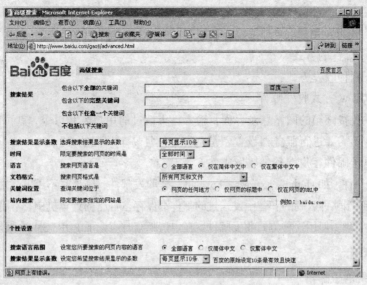

图 6-14　高级搜索

四、上机实验

① 搜索一份全国计算机等级考试一级试卷，并将试题内容以纯文本的形式保存到磁盘上，保存文件名为"一级试题.doc"。

② 搜索并下载一首喜爱的 MP3 音乐。

③ 搜索一个屏幕保护程序，并将其下载后设为本地计算机的屏保。

④ 搜索有关"庐山"的风景图片，选择满意的一张保存下来，并将其设置成桌面背景。

⑤ 假设近日打算购买手机或者电脑，可利用搜索引擎在网上获取有关信息，指明查询要求的品牌、性能或者价位等。可尝试利用百度的高级搜索功能。

⑥ 用同样的关键字到不同的搜索引擎去搜索，考察它们的性能，并通过每个搜索引擎的"帮助"文件，区分不同的搜索引擎的不同使用方法。

实验三　申请和使用电子邮件

一、实验目的

① 了解如何申请免费的电子邮箱。

② 了解网页方式电子邮件系统的用法。

二、知识要点

1. 提供免费电子邮箱的网站

① 国内的网站有：网易（163 免费电子邮箱）、搜狐（sohu 免费电子邮箱）、新浪（sina 免费电子邮箱）等。

② 国外进入中国提供免费中文电子信箱服务的网站有：微软（hotmail 免费电子邮箱）、雅虎（yahoo 免费电子邮箱）等。

2. 电子邮件地址

电子邮箱实际上是 ISP 在其服务器上为用户设置的一块存储空间，通过设置用户名和密码，可保证用户本人才能查看自己的邮箱。每个电子邮箱都对应一个唯一的地址，即电子邮件地址。E-mail 地址的格式为：用户名@邮件服务器域名。

3. 收发电子邮件的方式

邮件有以下两种收发方式：

（1）通过 WWW 方式收发邮件

只要在提供免费邮箱的网站登录界面，输入已申请过的用户名和口令，就可以收发信件并进行邮件的管理，不需要进行服务器设置，是一种方便且易于掌握的方法。

（2）使用电子邮件客户端软件收发邮件

使用客户端软件（如 Outlook Express、Foxmail 等）收发邮件，登录时不用下载网站页面内容，速度更快；使用客户端软件收到的和曾经发送过的邮件都保存在自己的计算机中，不用上网就可以对旧邮件进行阅读和管理。使用这种方式收发邮件，在申请邮箱时应记下 POP3/SMTP 邮件服务器的名称。

三、实验示例

1. 申请免费电子邮箱

要申请免费的电子邮箱，首先要进入电子邮件服务提供商的网站，找到申请入口，选择适当的用户名，填写密码以及其他注册资料后即可。下面以网易免费电子邮箱为例进行介绍。具体操作步骤如下：

① 在浏览器中输入网易电子邮局的网址：http://mail.163.com，如图 6-15 所示。

图 6-15　网易电子邮局首页

② 单击"注册 3G 网易免费邮箱"按钮，打开新页面，按要求分别输入用户名、密码等资料，其中带*的项目必须填写，如图 6-16 所示。

③ 资料填写完毕后，单击页面底部的"注册账号"按钮，完成邮箱的注册，弹出如图 6-17 所示的邮箱申请成功页面。

2. 网页方式电子邮件系统的使用

① 登录邮箱。访问电子邮局首页（见图 6-15），分别输入用户名和密码，单击"登录邮箱"

按钮或按下【Enter】键，进入电子邮件系统的工作页面，如图 6-18 所示。一般来说，工作页面分为左侧目录区和右侧工作区。

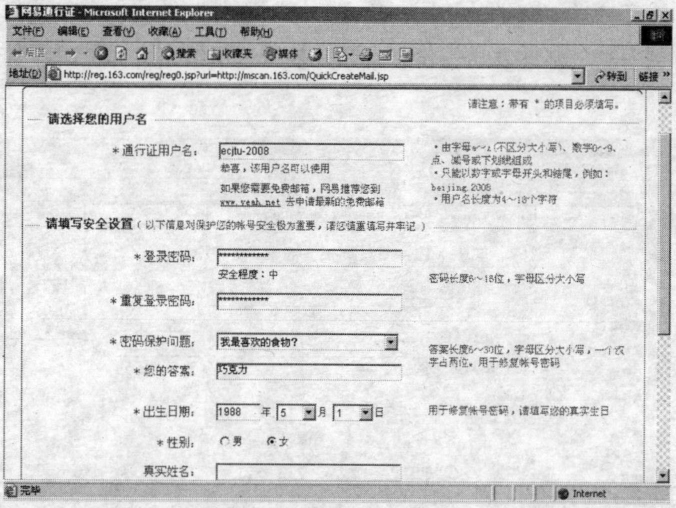

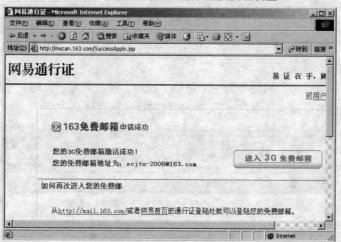

图 6-16　输入邮箱用户名及相关安全设置

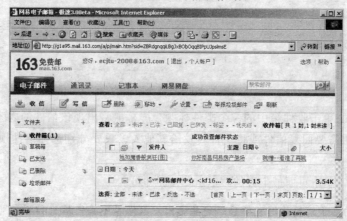

图 6-17　免费邮箱申请成功

图 6-18　邮箱首页

② 写信。单击左上角的"写信"按钮，即出现如图 6-19 所示的写信页面，分别填入收件人的 E-mail 地址、信件的主题以及正文内容。另外，通过"添加抄送"或"添加密送"功能可将信件抄送给第三方，注意抄送与密送的不同；单击"添加附件"链接，可以选择将一些附件文件同时发给收件人。本例中是将邮件发送一份给自己，抄送一份给别人，同时添加了一张照片作为邮件的附件发送。

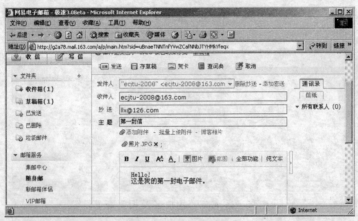

图 6-19　写信页面

③ 发信。信件写完后，单击"发送"按钮，即可将信件发出，在显示的新页面中将会有"邮件发送成功"的提示信息。

④ 收信。如果想收信，只要单击左上角的"收信"按钮即可。此时，右边工作区将出现如图 6-20 所示的收件箱页面，其中列出了已收到的邮件的标题清单。

图 6-20　收件箱页面

⑤ 阅读邮件。单击收件箱中的一个邮件标题，屏幕上将出现该信件的内容，如图 6-21 所示。读信后，如果需要回复信件或将信件转发给其他人，只要分别选择信件顶行的相应选项即可。

⑥ 退出邮箱。单击页面最上方的"退出"按钮即可。

注意： 网上的电子信箱使用完毕后一定要退出，以保障不丢失信息和不被别人盗用信箱。

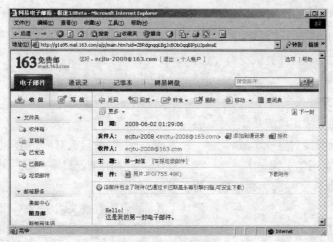

图 6-21　阅读邮件

四、上机实验

① 进入网易、搜狐、新浪或雅虎网站，申请一个免费电子邮箱，用户名自己设定。

② 给自己发送一个邮件，要求如下：

- 主题为：Birthday Party。
- 抄送：可选择某位同学的 E-mail 地址。
- 正文内容为：您好，欢迎参加我的生日晚会。
- 插入附件：新建一个文本文件"晚会节目单.txt"，自己输入节目单内容并保存。将该文件作为附件一起发送出去。

③ 接收新邮件。

④ 回复主题为 Birthday Party 的邮件。复信正文为"祝生日快乐并准时参加。" 并转发给另一个同学。

⑤ 将收到的邮件删除，退出邮箱。

第二部分　习　　题

一、选择题

1. 计算机网络最突出的优点是（　　　）。

　　A. 运算速度快　　　　　　B. 运算精度高　　　　　C. 存储容量大　　　　D. 资源共享

2. 网络常用的基本拓扑结构有（　　　）、环形和星形。

　　A. 层次形　　　　　　　　B. 总线形　　　　　　　C. 交换形　　　　　　D. 分组形

3. OSI 参考模型的中文含义是（　　　）。

　　A. 网络通信协议　　　　　B. 国家信息基础设施　　C. 开放系统互连　　　D. 公共数据通信网

4. 为了保证全网的正确通信，Internet 为联网的每个网络和每台主机都分配了唯一的地址，该地址由 32 位二进制数组成，并每隔 8 位用小数点分隔，将它称为（　　　）。

　　A. TCP 地址　　　　　　　　　　　　　　　B. IP 地址

　　C. WWW 服务器地址　　　　　　　　　　　D. WWW 客户机地址

5. HTTP 是一种（　　　）。

    A. 高级程序设计语言　　B. 域名　　　　　　　　C. 超文本传输协议　　　　　　D. 网址

6. 如果电子邮件到达时，计算机没有开机，那么电子邮件将（　　　）。

    A. 退回给发件人　　　　　　　　　　　B. 保存在服务商的主机上

    C. 过一会儿对方重新发送　　　　　　　D. 永远不再发送

7. 以下关于域名的说法正确的是（　　　）。

    A. 一个 IP 地址只能对应一个域名　　　　B. 一个域名只能对应一个 IP 地址

    C. 没有域名主机不能上网　　　　　　　D. 域名可以自己设置，只要不和其他主机同名即可

8. Internet 是由（　　　）发起而建立起来的。

    A. 美国国防部　　　　　　　　　　　　B. 联合国教科文组织

    C. 欧洲粒子物理实验室　　　　　　　　D. 英国牛津大学

9. 网络实质上是将（　　　）互连起来。

    A. 计算机直接与若干终端　　　　　　　B. 计算机直接与计算机

    C. 计算机与计算机之间通过网络设备　　D. 网卡与若干终端

10. 用户通过 WWW 浏览器看到的页面文件叫做（　　　）文件。

    A. 文本　　　　　　　B. Windows　　　　　C. 超文本　　　　　　　D. 二进制

11. 从 POP 邮件服务器传输来的新邮件保存在 Outlook Express 的（　　　）里。

    A. 收件箱　　　　　　B. 已发邮件箱　　　　C. 发件箱　　　　　　　D. 已删除邮件箱

12. 计算机网络是计算机与（　　　）结合的产物。

    A. 电话　　　　　　　B. 通信技术　　　　　C. 线路　　　　　　　　D. 各种协议

13. 网络中各个结点相互连接的形式叫做网络的（　　　）。

    A. 拓扑结构　　　　　B. 协议　　　　　　　C. 分层结构　　　　　　D. 分组结构

14. 一座办公大楼内各个办公室中的微型计算机进行联网，这个网络属于（　　　）。

    A. WAN　　　　　　　B. LAN　　　　　　　C. MAN　　　　　　　　D. GAN

15. TCP/IP 协议集由（　　　）层组成。

    A. 4　　　　　　　　　B. 3　　　　　　　　　C. 2　　　　　　　　　　D. 5

16. 目前，一台计算机要连入 Internet，必须安装的硬件是（　　　）。

    A. 调制解调器或网卡　B. 网络操作系统　　　C. 网络查询工具　　　　D. WWW 浏览器

17. 在电子邮件中，用户（　　　）。

    A. 只可以传送文本信息　　　　　　　　B. 可以传送任意大小的多媒体文件

    C. 可以同时传送文本和多媒体信息　　　D. 不能附加任何文件

18. 如果要用 Outlook Express 收发邮件，首先要创建自己的电子邮件（　　　）。

    A. 账号　　　　　　　B. 页面　　　　　　　C. 站点　　　　　　　　D. 软件

19. FTP 是一种（　　　）。

    A. 网络游戏　　　　　B. 文件传输协议　　　C. 电子公告板　　　　　D. 服务器

20. "主页"一般是指（　　　）。

    A. 一本书的封面　　　　　　　　　　　B. 一个网站的首页

    C. 一个域名　　　　　　　　　　　　　D. 浏览器启动之后显示的第一个页面

二、填空题

1. 按地理覆盖范围的不同，计算机网络可分为：_____、_____、_____和_____。

2. WWW 全称为_____，也简称为 Web 或万维网。

3. WWW 是以_____语言和_____协议为基础，能够提供具有一致的多媒体用户界面的 Internet 信息浏览系统。

4. 如果想把喜欢的网页位置记录下来，以便以后可以再次访问，可以通过浏览器的_____来实现。

5. 电子邮件系统需要有相应的协议支持。在目前的电子邮件系统中，最常使用的是用于收信的_____协议和用于发信的_____协议。

6. 电子邮件的使用一般可以分为_____方式和_____方式。

7. A 写信，发送给 B，抄送给 C，密送给 D。此时_____会收到这封信，信头部分会写着寄送给 B、抄送给 C，所有人都知道 B、C 收到了这封信，_____不知道 D 也收到了这封信。

8. 广域网的英文全称是_____。

9. 以字符串来表示的 IP 地址又叫做_____。

10. 在 WWW 网页上有一些特殊的图形或文字，单击它们就可以看到相关的内容，这类图形或者文字称为_____。

第 7 章

网页制作软件 FrontPage 2000

第一部分 上 机 指 导

实验一 新建站点和网页

一、实验目的

① 掌握 FrontPage 2000 的启动与退出。

② 熟悉 FrontPage 2000 的用户界面。

③ 掌握 FrontPage 2000 中站点的创建、打开、保存、关闭方法。

④ 学会使用模板创建个人站点，掌握站点导航结构的建立和导航栏的使用。

⑤ 学会网页主题的设置，及网页的建立和网页页面的编辑。

二、预备知识

1. 启动 FrontPage 2000

常用方法有：

① 选择"开始"→"程序"→FrontPage 2000 命令，启动 FrontPage 2000 应用程序，打开 FrontPage 2000 应用程序窗口。

② 如果在桌面上已经建立了 FrontPage 2000 的快捷方式，那么也可以通过双击该快捷方式图标来启动 FrontPage 2000。启动后的工作界面如图 7-1 所示。

2. FrontPage 2000 的视图

如图 7-1 所示，工作界面的左边为"视图"窗口，显示了 Microsoft FrontPage 2000 的 6 种视图：

① "网页"视图：用于编辑网页，即网页的编辑环境。

② "文件夹"视图：打开 Web 站点时，用于组织站点中的文件和文件夹。

③ "导航"视图：显示当前打开 Web 站点的导航结构，利用拖放方式在该视图中可以方便地扩展站点和重新组织站点。

④ "报表"视图：报告当前打开 Web 站点中的文件和超链接状态。

⑤ "超链接"视图：显示当前打开 Web 站点中的每一页的超链接。

⑥　"任务"视图：显示当前打开 Web 站点中要完成的任务。

3.　FrontPage 2000 网页视图的显示方式

如图 7-1 所示，在窗口的底部为网页视图的显示方式，Microsoft FrontPage 2000 提供了 3 种显示网页的方式：

①　在普通方式下，可以以所见即所得的方式编辑网页。

②　在 HTML 方式下，可以查看网页的 HTML 源代码，也可以直接对源代码进行编辑。

③　在预览方式下，可以预览网页的结果。

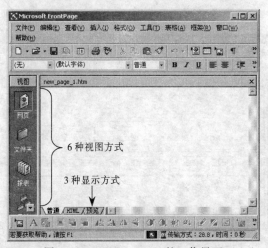

图 7-1　FrontPage 2000 的工作界面

4.　退出 FrontPage 2000

退出 FrontPage 2000 可采用下列几种方法：

①　选择"文件"→"退出"命令。

②　单击 FrontPage 2000 标题栏右上角的"关闭"按钮。

③　双击 FrontPage 2000 中的控制菜单按钮。

三、实验示例

【例 7.1】创建一个个人网站。首先按个人需要设置若干个网页，例如，主页、自序、文章作品、相册、收藏夹等。其次是准备制作素材，就是把编辑每一个网页所需要的各种素材，如文字文本、图片、动画、背景音乐等，逐页准备齐全，存放在分页的文件夹中，以便在编辑与修改网页时插入，或用"复制"-"粘贴"的方法，使之成为网页的内容。（需要特别注意的是：除文字文本外，所有的图片、动画、背景音乐等资料，都必须用英文与阿拉伯数字命名，而不能用中文命名，否则上传后将不能显示。）

操作步骤如下：

1.　建立站点结构，创建个人站点

①　打开 FrontPage 2000 后，选择"文件"→"新建"→"站点"命令，在打开的"新建"对话框中，选择"个人站点"选项，并在对话框右侧的文本框中指定新建的个人站点的保存位置为：D：\Myweb。单击"确定"按钮，完成个人站点的创建。

②　选择"文件"菜单中的"关闭站点"命令，关闭站点。

2. 设置网页主题、共享边框，定义导航关系并添加导航按钮

① 选择"文件"→"打开站点"命令，打开"打开站点"对话框。

② 在"文件夹"文本框中输入 D：\Myweb 后，单击"打开"按钮，打开新建的个人站点。

③ 单击网页左侧的"导航"按钮，切换到"导航"视图。导航视图中已出现一个主页，即根目录下的 index.htm 文件，处于导航结构的顶层，下面有 3 个二级页面：兴趣、相册、喜好站点。

④ 根据需要添加二级页面。可右击"主页"，在弹出的快捷菜单中选择"新建网页"命令；在 new page2 上右击，在弹出的快捷菜单中选择"重命名"命令将新建的页面重命名。重复以上操作，添加"音乐天地"、"动画欣赏"、"精美图片"等二级页面，如图 7-2 所示。

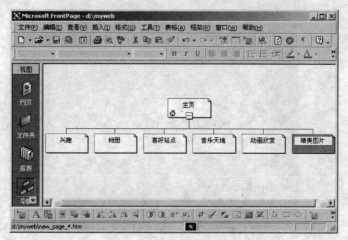

图 7-2　定义导航关系

⑤ 设置"共享边框"。选择"文件夹列表"中的 index.htm 文件，打开"主页"页面后，选择"格式"→"共享边框"命令，在打开的"共享边框"对话框中，选中"当前网页"单选按钮，然后选中"上"、"左"、"下"复选框，最后单击"确定"按钮。在"共享边框"中的内容就会出现在网页中。

3. 网页的新建与保存

① 打开站点 D:\Myweb，在"网页"视图中，选择"文件"→"新建"→"网页"命令，打开"新建"对话框。

② 在"新建"对话框的"常规"选项卡中选择"普通网页"选项。单击"确定"按钮，则将在站点中创建一个空白网页。

③ 单击"文件"菜单中的"另存为"命令，打开"另存为"对话框，如图 7-3 所示，在"保存位置"下拉列表框中确定保存位置为 D：\Myweb，在"文件名"文本框中输入"文学欣赏"，单击"更改"按钮将网页标题也更改为"文学欣赏"，最后单击"保存"按钮。

④ 将文件夹列表中的网页"文学欣赏.htm"拖动到视图中的导航按钮处，作为"主页.htm"的子页。

⑤ 单击网页编辑窗口右上角的"关闭"按钮，关闭该网页。

要新建网页，也可以直接在"导航"视图中右击"页面"在弹出的快捷菜单中选择"新建网页"命令，添加下级页面。

图 7-3　"另存为"对话框

4. 编辑与修改网页页面

从导航栏的顶层"主页"开始，到第二层的每一个页面，都可按以下步骤操作，编辑与修改其形式与内容。

（1）选定主题

打开要编辑的页面，选择"格式"→"主题"命令，在"主题"对话框中，选中"所选网页"和"鲜艳的颜色"、"动态图形"、"背景图片"、"应用 CSS"复选框。在左侧主题列表中，逐个选择查看主题效果，选中后单击主题对话框右下角的"确定"按钮。

（2）插入资料

把预先准备好的有关资料（如文本文字），用"复制"－"粘贴"的方法，插入到网页的各个位置中去。

（3）设置背景音乐

选择"文件"→"属性"命令，在"属性"对话框中，对于"背景音乐"，单击"浏览"按钮，选定音乐文件，并设定播放次数，然后单击"确定"按钮。

（4）设置网页过渡效果

选择"格式"→"网页过渡"命令，在"网页过渡"对话框中的"事件"下拉列表框中选择"进入网页"选项，在"过渡效果"下拉列表框中选择一种效果，并在"周期（秒）"文本框中输入 3；然后，再在"事件"下拉列表框中选择"离开网页"选项，在"过渡效果"中选择一种效果，并在"周期（秒）"文本框中输入，最后单击"确定"按钮。

（5）预览

该网页编辑完毕后，可单击网页下端的"预览"按钮，在浏览器中预览该网页的全貌。再按上述步骤方法，编辑下一页页面。

【例 7.2】在例 7.1 建好的站点 D:\Myweb 中，编辑"文学欣赏"网页，如图 7-4 所示。

操作步骤如下：

① 打开网页。打开网页可采用下列几种方法：

- 在文件夹列表中双击文件名"文学欣赏.htm"。
- 选择"文件"菜单中的"打开"命令，系统弹出"打开文件"对话框，确定查找范围为 D:\Myweb，文件名为"文学欣赏.htm"，单击"打开"按钮。

• 在"导航"视图中，双击"文学欣赏"页面。

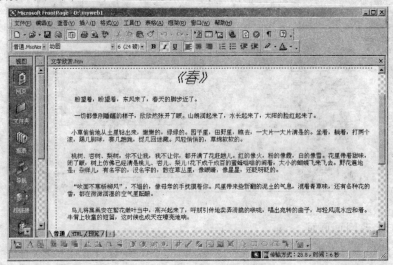

图 7-4　效果图

② 选定主题。打开"文学欣赏.htm"页面后，选择"格式"→"主题"命令，在"主题"对话框中，在左侧主题列表中选择"无主题"选项，然后单击"主题"对话框右下角的"确定"按钮。

③ 录入文本。在"网页"视图的"普通"模式下，将素材中的文档"春.doc"复制，然后"粘贴"到网页的编辑窗口中。

④ 文本格式化：

• 设置字符格式。选定标题"《春》"后，选择"格式"菜单中的"字体"命令，打开"字体"对话框，将标题设置为：幼圆（24 磅），6 号字，倾斜。

• 设置段落格式。选定标题，单击"格式"工具栏上的居中按钮，使标题居中。

选定正文，选择"格式"菜单中的"段落"命令，打开"段落"对话框，设置段落属性，将行距设置为双倍行距，首行缩进 9，对齐方式为左对齐。

⑤ 设置背景颜色和图片。选择"格式"菜单中的"背景"命令，打开"网页属性"对话框，如图 7-5 所示，在"背景"选项卡中将背景图片设置为素材中的 Back.jpg。

选择"格式"→"共享边框"命令，在打开的"共享边框"对话框中，选中"当前网页"单选按钮，然后选中"上"复选框和"包含导航按钮"复选框，单击"确定"按钮。

⑥ 设置背景音乐。选择"格式"→"背景"命令，打开"网页属性"对话框，如图 7-5 所示，在"常规"选项卡中将背景音乐设置为素材中的"背景音乐.mid"。循环次数设置为"不限次数"。

⑦ 设置网页过渡效果。选择"格式"→"网页过渡"命令，在"网页过渡"对话框中的"事件"下拉列表框中选择"进入网页"选项，再在"过渡效果"下拉列表框中选择"盒状收缩"效果，并在"周期（秒）"文本框中输入 3；然后，再在"事件"下拉列表框中选择"离开网页"选项，在"过渡效果"下拉列表框中选择"盒状收缩"效果，并在"周期（秒）"文本框中输入 4，最后单击"确定"按钮。

单击"常用"工具栏上的"保存"按钮，以原文件名保存到站点文件夹 D:\Myweb 中。

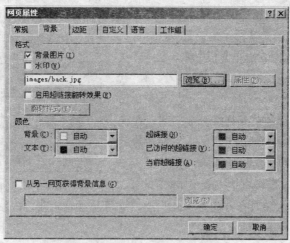

图 7-5 "网页属性"对话框

实验二 插入各种组件和导航栏

一、实验目的

① 学会使用表格对网页进行布局。

② 通过插入图片、音频、视频文件、字幕等制作内容丰富的多媒体网页。

二、实验示例

【例 7.3】在例 7.1 建好的站点 D:\Myweb 中，编辑"主页"网页，效果如图 7-6 所示。

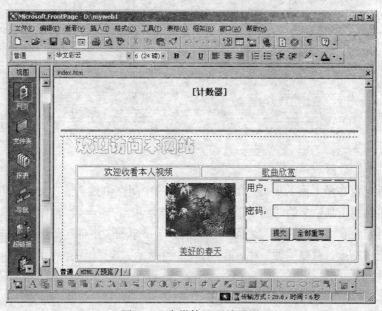

图 7-6 多媒体网页效果图

操作步骤如下：

1. 插入表格

① 打开站点 D:\Myweb 中的网页"主页.htm"。

② 将光标移到要插入表格的地方，选择"表格"→"插入"→"表格"命令，打开"插入表格"对话框，进行如图 7-7 所示的设置。

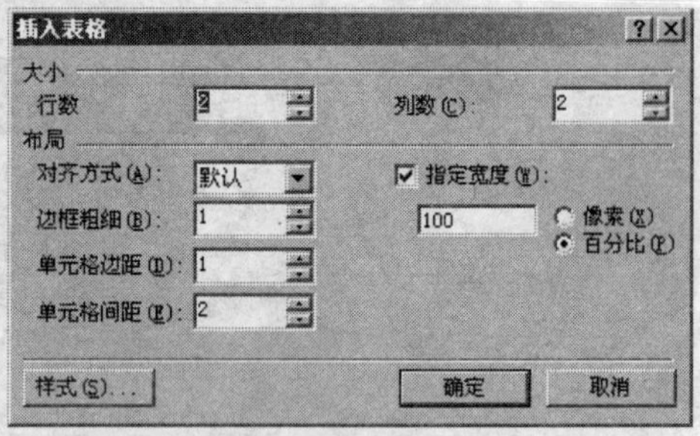

③ 在表格中第一行的左边单元格中输入文本"欢迎收看本人视频"，第一行的左边单元格中输入文本"歌曲欣赏"。

④ 将表格中第二行的单元格拆分成三列，在第二行中间单元格插入素材中的图片"1.jpg"，在图片下面输入文字"美好的春天"，将文字居中。

⑤ 在最下面的共享编辑框中输入文本 E-mail:
Myweb@163.com。设置水平对齐方式为"水平居中"，字体颜色为蓝色，最后单击"确定"按钮。

图 7-7　"插入表格"对话框

2. 在主页中插入字幕

将光标定位在要插入使用字幕的位置，选择"插入"菜单中的"组件"命令，单击"字幕"选项，打开"字幕属性"对话框，如图 7-8 所示。

在"字幕属性"对话框的文本框中输入文本"欢迎访问本网站!"，设置方向为"左"，表现方式为"滚动条"，文本对齐方式为"垂直居中"。

右击文本"欢迎访问本网站!"，在弹出的快捷菜单中选择"字体"命令，打开"字体"对话框，设置字体为华文彩云，大小为 6（24 磅），颜色为橙色，单击"确定"按钮。

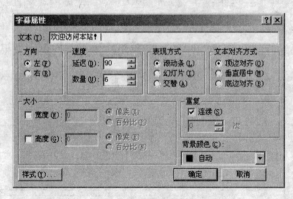

图 7-8　"字幕属性"对话框

3. 插入站点计数器

① 将光标定位在最上面的主页边框中图片下面的中间空白处。输入文本"您是本站的第位访问者"，单击格式工具栏上的"居中"按钮，使文本居中对齐。

② 将光标定位在文本"第位"之间，在"插入"菜单的"组件"子菜单中选择"站点计数器"命令，打开"站点计数器属性"对话框，如图 7-9 所示，选择第一种计数器样式后，单击"确定"按钮。

4. 插入水平线

在网页中，水平线可以起到分隔文本内容和强调文本内容的作用。但是如果使用了主题，水平线将被该主题中对应的图形所替代。在主页中添加水平线的方法是：

① 在网页视图下将光标移到要插入水平线的地方，如将光标定位在最上面的共享边框"主页"边框中"您是本站的第位访问者"文本的下面。

② 选择"插入"→"水平线"命令，即可在指定的地方插入一条水平线。

右击插入的水平线，打开"水平线属性"对话框，如图 7-10 所示。在该对话框中，设置水平线的宽度为 100，高度为 5，对齐方式为"水平居中"，颜色为"绿色"。

图 7-9　"站点计数器属性"对话框

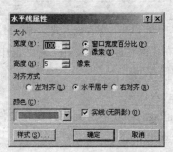

图 7-10　"水平线属性"对话框

5. 插入图片

在文件名为"主页.htm"的网页中插入图像文件，并保存到站点文件夹 D:\Myweb\images 中。操作步骤如下：

① 将最上面的主页边框中的"主页"两字删除。将光标定位在主页边框中。

② 选择"插入"→"图片"→"来自文件"命令，打开"图片"对话框，如图 7-11 所示。

③ 单击"图片"对话框右侧的"从计算机上选择一个文件"按钮，打开"选择文件"对话框，如图 7-12 所示，确定查找范围，插入的图像文件名为"2.jpg"。

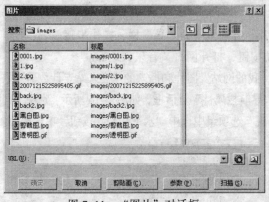

图 7-11　"图片"对话框

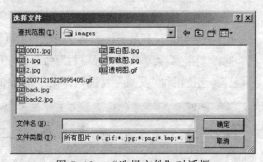

图 7-12　"选择文件"对话框

④ 选择"格式"→"背景"命令，打开"网页属性"对话框，在"背景"选项卡中设置背景图片 back.jpg。

⑤ 单击工具栏上的"保存"按钮，打开"保存嵌入式文件"对话框，如图 7-13 所示。

⑥ 单击"保存嵌入式文件"对话框中的"改变文件夹"按钮，打开"改变文件夹"对话框，如图 7-14 所示，确定要保存的文件夹，单击"确定"按钮，返回到"保存嵌入式文件"对话框。

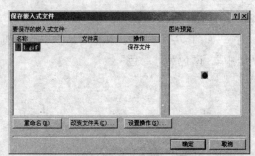

图 7-13 "保存嵌入式文件"对话框

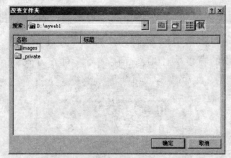

图 7-14 "改变文件夹"对话框

⑦ 在"保存嵌入式文件"对话框中单击"确定"按钮，保存图片文件，同时以原文件名"主页.htm"保存网页。

6. 嵌入视频

FrontPage 2000 中所支持的视频文件类型包括 AVI、SDF、RAM、RA 格式。

操作步骤如下：

① 将光标定位在"主页"表格中第二行的左边单元格中。

② 选择"插入"→"图片"→"视频文件"命令，弹出如图 7-15 所示的"视频"对话框。在这个对话框中输入素材中的视频文件"1.avi"，然后单击"确定"按钮。

③ 输入了视频文件之后，网页中将会出现一个图标，表示已经加入了一个视频文件，但是不能看到网页的动态效果。

如果想改变视频文件的播放方式。可以利用光标选中视频文件的图标，然后右击，从弹出的快捷菜单中选择"图片属性"命令。在弹出的对话框中选择"视频"选项卡，在这个选项卡中可以设定循环播放的次数，或更换视频文件。

7. 插入导航栏

在网页"音乐天地"、"动画欣赏"、"精美图片"等网页中插入导航栏，操作步骤如下：

① 切换到导航视图，双击"音乐天地"导航按钮，打开网页"音乐天地.htm"。

② 将光标定位到最上面的共享边框"主页"、"我的网站"图片和插入的"插入站点计数器"之间，选择"插入"菜单中的"导航栏"命令，打开"导航栏属性"对话框，如图 7-16 所示，选中"同一层"单选按钮和"父页"复选框，在"方向和外观"选项组中选中"水平"和"按钮"单选按钮。

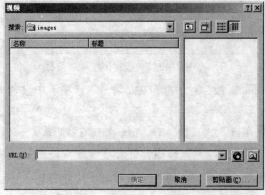

图 7-15 "视频"对话框

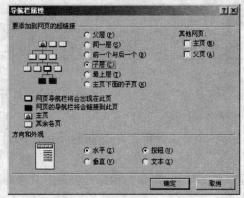

图 7-16 "导航栏属性"对话框

实验三　创建表单和超链接

一、实验目的

① 掌握为文本、图像创建超链接的方法。

② 掌握书签的创建和使用。

二、实验示例

1. 为文本创建超链接

如图 7-6 所示，为站点 D:\Myweb 中的网页"主页.htm"中的文本"歌曲欣赏"创建超链接，链接到该站点中的文件"音乐天地.htm"，操作步骤如下：

① 选定文本"歌曲欣赏"，选择"插入"菜单中的"超链接"命令，打开"创建超链接"对话框，如图 7-17 所示，单击"名称"列表框中的"音乐天地.htm"。该网页的文件名会自动出现在 URL 文本框中，最后单击"确定"按钮。将文本"歌曲欣赏"链接到本站点中的网页文件"音乐天地.htm"。

② 保存网页文件"主页.htm"。

2. 为图像创建超链接

如图 7-6 所示，为网页"主页.htm"中的图片创建超链接，将其链接到同一站点 D:\Myweb 中的网页"文学欣赏.htm"。操作步骤如下：

① 右击位于主页中的"美好的春天"图片，在弹出的快捷菜单中选择"超链接"命令，打开"创建超链接"对话框，选择"名称"列表框中的"文学欣赏.htm"选项，最后单击"确定"按钮。

② 保存网页文件"主页.htm"。

图 7-17　"创建超链接"对话框

3. 创建以书签为目的的超链接

（1）添加书签

在网页"文学欣赏.htm"的两段文本中添加书签，书签名称分别为"第三段"和"第四段"，操作步骤如下：

① 将光标定位在正文第三段的第一行，选择"插入"菜单中的"书签"命令，打开"书签"

对话框，如图 7-18 所示，在"书签名称"文本框中输入"第三段"，
单击"确定"按钮。

② 重复步骤①，在第四段中添加书签"第四段"。

③ 保存网页"文学欣赏.htm"。

（2）创建以书签为目的的超链接

在网页"文学欣赏．htm"中输入文本"第三段"、"第四段"，
分别链接到书签"第三段"和书签"第四段"。操作步骤如下：

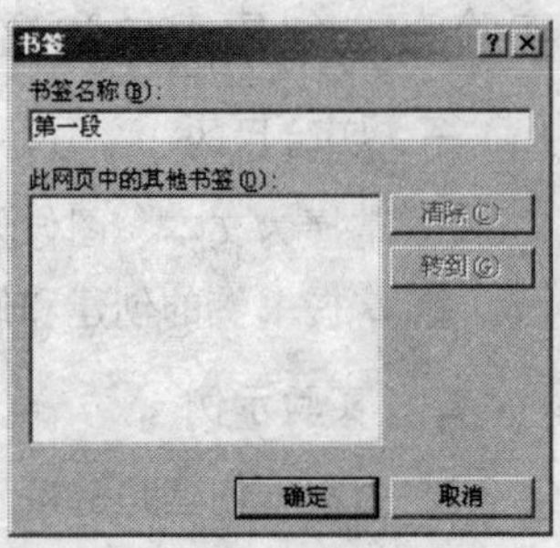

① 在标题"《春》"之后输入文本"第三段第四段"。

② 选定文本"第三段"，然后选择"插入"菜单中的"超链接"命令，打开"创建超链接"
对话框，在"书签"下拉列表中选择目标书签"第三段"，该书签名称会自动出现在 URL 文本框
中，并且在书签的名称之前自动加"#"，最后单击"确定"按钮。

③ 重复步骤 2 将文本"第四段"链接到书签"第四段"。

④ 保存网页"文学欣赏.htm"。

图 7-18　"书签"对话框

实验四　框架的应用

一、实验目的

① 掌握创建框架网页的方法。

② 掌握更改超链接目标框架的方法。

二、实验示例

① 新建一个 Web 站点，然后新建三个网页并编辑内容。文件名分别为 zcjf.htm、ssb.htm 和
jfb.htm，网页标题分别为"中超积分榜"、"射手榜"和"甲 A 联赛积分榜"，如图 7-19 所示，单
击"保存"按钮。

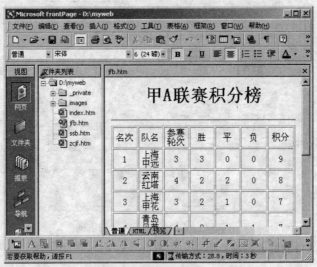

图 7-19　编辑网页内容

② 从"文件"菜单的"新建"子菜单中选择"网页"命令，在出现的"新建"对话框中选
择"框架网页"选项卡，选择"目录"选项，单击"确定"按钮，如图 7-20 所示。

③ 创建的框架网页结构如图 7-21 所示，单击"常用"工具栏上的"保存"按钮，弹出"另

存为"对话框,在"文件名"文本框中输入 kj(见图 7-22),网页标题更改为"框架",单击"保存"按钮。

④ 单击目录框架中的"新建网页"按钮,输入文本"中超积分榜"、"甲 A 积分榜"、"甲 A 射手榜",如图 7-23 所示。

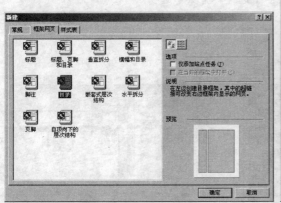

图 7-20　新建框架网页

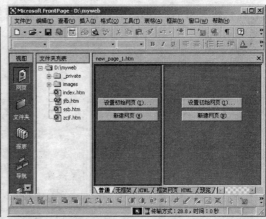

图 7-21　框架网页结构

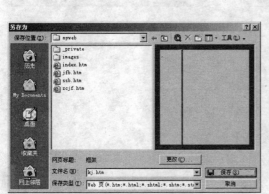

图 7-22　编辑横幅框架内容

图 7-23　编辑目录框架内容

⑤ 选中目录框架中的文本"中超积分榜",然后右击,从弹出的快捷菜单中选择"超链接"命令,弹出"超链接"对话框,选择 zcjf.htm(见图 7-24),单击"确定"按钮。

⑥ 重复步骤⑤,分别选择文本"甲 A 积分榜"和"甲 A 射手榜",其对应的超链接网页分别为 jfb.htm 和 ssb.htm。

⑦ 单击"预览"标签预览创建的框架网页,此时单击目录框架中的"甲 A 积分榜",就会在右侧的窗口中显示对应的网页内容,如图 7-25 所示。

图 7-24　创建超链接

⑧ 从文件夹列表中双击 kj.htm，打开框架网页。将光标移到目录框架中的超链接中，然后右击，从弹出的快捷菜单中选择"超链接属性"命令，弹出"编辑超链接"对话框，在对话框中可以修改超链接的目标链接网页文件，如图 7-26 所示。

⑨ 如果要修改超链接的目标框架，单击"目标框架"右侧的"更改目标框架"按钮，弹出"目标框架"对话框，在"公用的目标区"列表框中选择"整页"选项。

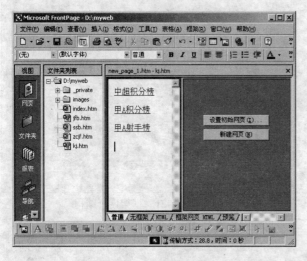

图 7-25　预览框架网页

图 7-26　更改目标框架

实验五　站点的发布

一、实验目的

① 掌握站点发布前的准备工作。

② 学会使用 FTP 将站点文件发送到 Web 服务器上。

二、实验示例

1. 准备发布站点

（1）检查拼写

① 在 FrontPage 2000 编辑器中打开站点 D:\Myweb，并切换到文件夹视图。

② 选择"工具"菜单中的"拼写检查"命令，打开"拼写检查"对话框，如图 7-27 所示，选择拼写检查"整个站点"，并选中"为有拼写错误的网页添加任务"复选框。

③ 单击"开始"按钮，开始检查整个站点的拼写错误。

（2）验证站点所有文件的超链接文件

① 打开站点 D:\Myweb，切换到报表视图。

② 单击报表工具栏中右侧的"验证超链接"按钮，打开"验证超链接"对话框，如图 7-28 所示，选中"验证所有超链接"单选按钮。

③ 单击"开始"按钮，进行站点超链接的验证，验证完毕后断开的超链接会出现在报表中。双击报表中断开的超链接，系统弹出"编辑超链接"对话框，可以对断开的超链接进行修改。

（3）检查不正确的组件

打开站点 D:\Myweb，切换到报表视图，在报表视图中列出了"组件错误"的总数，双击"组件错误"，可以得到组件错误文件的详细列表。

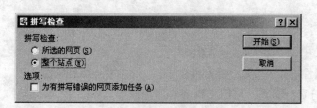

图 7-27　"拼写检查"对话框

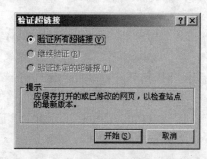

图 7-28　"验证超链接"对话框

2. 使用 FTP 发布站点

使用 FTP（File Transfer Protocol）发布。需要知道 FTP 服务器名称和目录路径，FTP 服务器名称是站点服务器的网域名称（例如，ftp：//ces.hbue.edu.cn/），目录路径是在服务器上存放站点数据的文件夹（例如，/web），如图 7-29 所示。

使用 FTP 发布站点步骤如下：

① 在"文件"菜单中选择"发布站点"命令。

② 单击"选项"按钮以展开选项列表。

③ 指定将只发布已更改的网页，还是所有的网页。

如选择发布更改过的网页。FrontPage 将比较用户计算机上的文件与站点服务器上的文件，只有站点服务器上更新的文件才会被发布。但是，已标记为不发布的文件将不会被发布。

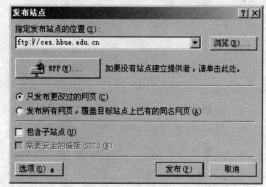

图 7-29　"发布站点"对话框

如选择发布所有网页，则发布除已标记外的所有文件时，本地站点上的文件将改写所有在目的站点服务器上的文件，即使站点服务器上的文件是较新版本的也会被本地文件改写。这一点和使用 HTTP 发送是相同的。

④ 若要发布子站点，应选中"包含子站点"复选框。

⑤ 在"指定发布站点的位置"列表框中，输入 FTP 站点服务器的位置（例如：ftp：//ces.hbue.edu.cn），或在发布之前单击箭头来选择位置。

⑥ 单击"浏览"按钮查找在服务器上存放站点的文件夹（如/web），它并不是用 FTP 发布的，因为需要通过也许不是很清楚的文件夹结构来浏览。

⑦ 单击"发布"按钮。

⑧ 输入 FTP 的用户名和密码，单击"确定"按钮，如图 7-30 所示。

⑨ 发布成功弹出"完成"对话框，单击"完成"按钮结束整个过程。

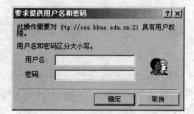

图 7-30　FTP 用户确认框

通过在"完成"对话框中单击"单击此处可以查看您发布的站点"链接，用户还可以检查站点有没有成功发布。同样地，如果在操作中途取消发布，已经发布的文件将保留在目的站点服务器上。

第二部分 习 题

一、选择题

1. 在 FrontPage 2000 中，可以在（　　　）中设置单元格的背景图片。
   A. DHTML 效果　　　　　B. 单元格属性　　　　　C. 图片属性　　　　　D. 网页属性

2. 在网页制作中，可以使用（　　）进行页面布局，使图文整齐有序地放置。
   A. 表格　　　　　　　　B. 书签　　　　　　　　C. 表单　　　　　　　　D. 单元格

3. 如果要在浏览器的不同区域中同时显示几个网页，可使用（　　）方法。
   A. 表格　　　　　　　　B. 框架　　　　　　　　C. 表单　　　　　　　　D. 单元格

4. 为了减小图片文件所占磁盘空间的大小，必须在调整了图片大小后对图片进行（　　）操作。
   A. 设置透明色　　　　　B. 重新取样　　　　　　C. 自动缩略图　　　　　D. 剪裁图片

5. 下述关于图片与链接的关系表述正确的是（　　）。
   A. 图片不能建立链接　　　　　　　　　　B. 一张图片只能建立一个链接
   C. 图片要建立链接需经过处理　　　　　　D. 通过设置热区，一张图片可建立多个链接

6. 要为图片设置透明背景时，应使用"图片"工具栏中的（　　）按钮。
   A. 重新取样　　　　　　B. 剪裁图片　　　　　　C. 自动缩略图　　　　　D. 设置透明色

7. 在"导航"视图模式下，可直接进行（　　）操作。
   A. 查看和修复链接　　　B. 查看文件信息　　　　C. 快速调整网站结构　　D. 网站文件管理

8. 使用浏览器访问网站时，第一个被访问的网页称为（　　　）。
   A. 网页　　　　　　　　B. 网站　　　　　　　　C. HTML 语言　　　　　D. 主页

9. 如果要将图片放置在页面的任意位置，应使用（　　　）方法。
   A. 绝对定位　　　　　　B. 相对定位　　　　　　C. 图层移动　　　　　　D. 对齐方式

10. 在"网页"视图模式下，单击"普通"标签后，在出现的"普通"窗口中，可直接进行（　　　）。
    A. 网页编排　　　　　　　　　　　　　B. 观察网页在浏览器中的效果
    C. 编辑 HTML 代码　　　　　　　　　　D. 下载图片

11. 制作网页的超文本置标语言称为（　　　）。
    A. Visual Basic 语言　　B. HTML　　　　　　　C. BASIC 语言　　　　　D. ASCII

12. 下列关于创建超链接的叙述错误的是（　　　）。
    A. 可以与外部网站链接　　　　　　　　　B. 一张图片不能包含多个链接
    C. 可以利用图片作为链接　　　　　　　　D. 在表格中可以建立超链接

13. 在"超链接"视图模式下，可直接进行（　　　）。
    A. 网站文件管理　　　　　　　　　　　　B. 查看文件信息
    C. 快速调整网站结构　　　　　　　　　　D. 查看和修复链接

14. 在 FrontPage 2000 中，要把 HTML 编码方式设置成简体中文，可对（　　　）选项进行设置。
    A. 网页属性　　　　　　B. 表格属性　　　　　　C. 字体　　　　　　　　D. 单元格属性

15. 要将大图变成小图加快下载速度，浏览时单击小图可看到原图，应使用"图片"工具栏中的（　　）按钮。
    A. 自动缩略图　　　　B. 重新取样　　　　C. 剪裁图片　　　　D. 设置透明色

16. 在 FrontPage 2000 中，下列中除（　　）外均可加入表格中。
    A. 声音　　　　　　　B. 文字与图形　　　C. 表格　　　　　　D. 视频图像

17. 要改变框架网页中某个网页背景时，可以通过（　　）进行设置。
    A. 框架属性　　　　　B. 表格属性　　　　C. 网页属性　　　　D. 单元格属性

18. 要改变图片的对比度，可使用"图片"工具栏中的（　　）按钮。
    A. 自动缩略图　　　　B. 增加对比度　　　C. 剪裁图片　　　　D. 图层叠放

19. 在 Frontpage 2000 中，网页会依据（　　）视图中结构图的形式自动产生链接。
    A. 网页　　　　　　　B. 导航　　　　　　C. 超链接　　　　　D. 任务

20. 当进入网页时，网页呈"圆形放射"的变化效果，这种变化效果属于（　　）效果。
    A. 网页过渡　　　　　B. DHTML 效果　　　C. 字幕　　　　　　D. 悬停按钮

21. 在 FrontPage 2000 中，文字左右交替移动的效果属于（　　）效果。
    A. 字体　　　　　　　B. DHTML 效果　　　C. 字幕　　　　　　D. 悬停按钮

22. 要使超级链接的目的地为网页中的其他框架网页，可通过（　　）实现。
    A. 书签式链接　　　　B. 本地网页链接　　C. 框架链接　　　　D. Web 链接

23. 当鼠标指向某个按钮时，该按钮的颜色、形状随即发生变化，甚至发出声音，这一效果通常可使用（　　）实现。
    A. 字幕　　　　　　　B. 横幅广告管理器　C. 悬停按钮　　　　D. 网页过渡

24. 要使超级链接的目的地为网页中被标记的位置或文本，应使用（　　）方法。
    A. 书签链接　　　　　B. 本地网页链接　　C. 框架链接　　　　D. Web 链接

25. 在"文件夹"视图模式下，可直接进行（　　）。
    A. 查看和修复链接　　B. 网站文件管理　　C. 浏览文件内容　　D. 修改页面信息

26. 如果要在网页中加入以一定的时间间隔轮流显示不同图片的效果，可采用（　　）。
    A. 字幕　　　　　　　B. 悬停按钮　　　　C. 网页过渡　　　　D. 横幅广告管理器

27. 要使超级链接的目的地为其他网站，可用（　　）方法链接。
    A. 书签式链接　　　　B. 本地网页链接　　C. 框架链接　　　　D. Web 链接

28. 在 FrontPage 2000 中，使用（　　）能在页面上显示被访问次数。
    A. 横幅广告管理器　　B. 悬停按钮　　　　C. 滚动字幕　　　　D. 站点计数器

29. 在 FrontPage 2000 中，如果要改变图片叠放的位置，应使用（　　）方法。
    A. 绝对定位　　　　　B. 相对定位　　　　C. 图层移动　　　　D. 图层叠放

30. 如果要在图像中加入文本，该图像必须是（　　）格式的图像。
    A. GIF　　　　　　　B. JEPG　　　　　　C. BMP　　　　　　D. TGA

31. 要使表格的边框不在网页中显示，应将表格边框的粗细值设置为（　　）。
    A. 2　　　　　　　　B. 1　　　　　　　　C. 0　　　　　　　　D. 6

32. 在 Frontpage 2000 中，不能实现（　　）。
    A. 网站的创建　　　　B. 网站的维护　　　C. 网站的发布　　　　D. 网站的下载

33. 在 FrontPage 2000 中，要建立同一个网页内的链接点，让用户单击某一链接后，迅速跳到同一网页内的另一个特定位置，应采用（　　　）链接。

    A. 单元格　　　　　B. 表单　　　　　C. 书签　　　　　D. 表格

二、填空题

1. 网页是用 HTML 编写的，在_____支持下运行。

2. 确定站点的_____，是建立网站首先要考虑的问题。

3. 网页通过_____来指明其所在的位置。

4. 插入超链接的快捷键是_____。

5. 在 FrontPage 2000 中，_____视图可以方便地组织站点中各网页的层次关系。

6. 网页文件的扩展名为_____。

7. 创建书签超链接，首先要在某位置上_____，然后创建链接到书签的超链接。

8. 背景音乐应通过_____属性进行设置。

9. 在发布站点前，应该对网页进行_____，尤其需要验证网页之间链接的正确性，以保证用户能正常浏览。

10. 网页制作完毕，需要发布到_____上才能让其他用户使用。

第8章

多媒体技术

第一部分 上机指导

实验一 Photoshop 图像处理软件

一、实验目的

了解 Photoshop 7.0 的初步使用方法，学会使用 Photoshop 进行简单的图片处理。

二、实验示例

【例 8.1】使用 Photoshop 工具箱中的选框工具选取图像，并复制到新建文件中保存。

操作步骤如下：

① 启动 Photoshop 7.0，选择"文件"→"打开"命令，弹出"打开"对话框。

② 在"打开"对话框中，选择路径 C:\Program Files\Adobe\Photoshop 7.0\Samples\ducky.tif 中的"小鸭"图片。单击"打开"按钮，弹出如图 8-1 所示的"小鸭"图像编辑窗口。

图 8-1　图像编辑窗口

③ 单击"工具箱"中的"矩形选框工具"按钮，将鼠标移到图像窗口中，拖动鼠标选中图像中的"小鸭"头部，如图 8-2 所示。

图 8-2　使用矩形选框工具选择后的图像

④ 选择"文件"→"新建"命令，打开"新建"对话框，如图 8-3 所示。将新建图像的参数设置完毕后，这里将新建的图像名称设置为"选择"，单击"确定"按钮，弹出"选择"图像窗口。

⑤ 单击"小鸭"图像窗口的标题栏，选择"编辑"→"拷贝"命令（或按【Ctrl+C】组合键），接着单击"选择"图像窗口标题栏，然后选择"编辑"→"粘贴"命令（或按【Ctrl+V】组合键），此时图像复制成功，效果如图 8-4 所示。

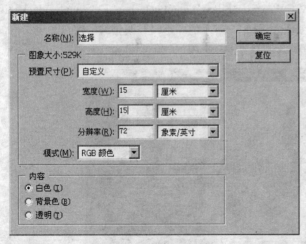

图 8-3　"新建"对话框

图 8-4　复制粘贴后的图像

⑥ 选择"文件"→"保存"命令，打开"保存为"对话框，如图 8-5 所示。在"文件名"文本框中输入保存图片的名称，在"格式"下拉列表框中选择图片文件格式（默认的图像文件格式为 PSD、PDD），并选定文件的保存位置，最后单击"保存"按钮。

图 8-5　"保存为"对话框

注意：选择其他选框工具的方法是单击工具箱中的"选框工具"
并按住鼠标不放，会弹出子菜单，如图 8-6 所示，移动鼠标单击要选
择的选框工具即可。

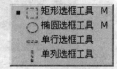

【例 8.2】使用 Photoshop 多边形套索工具选择外形不规则的图像。　图 8-6　选框工具的子菜单

操作步骤如下：

① 启动 Photoshop 7.0，选择"文件"→"打开"命令，弹出"打开"对话框。

② 在"打开"对话框中，选择 C:\Program Files\Adobe\Photoshop 7.0\Samples\peppers.jpg 图片
文件。单击"打开"按钮，弹出如图 8-7 所示的图像编辑窗口。

③ 在"导航器"面板中，设置图像显示比例，如图 8-8 所示。此时，可放大辣椒图像，以方便
选择。

图 8-7　"套索"图片文件

图 8-8　"导航器"面板

④ 单击工具箱上的"多边形套索工具"，将鼠标移到图像窗口中，单击决定图像选择的起点，将鼠标指针指向需要改变选取范围方向的转折点时单击鼠标。当确定好全部的选取范围并返回到开始点时，单击鼠标即可完成选取操作，如图 8-9 所示。

【例 8.3】使用魔棒工具选取鸡蛋图形。

操作步骤如下：

① 启动 Photoshop 7.0，打开所需的图片"鸡蛋.jpg"。

② 单击"工具箱"上的"魔棒工具"按钮，弹出"魔棒"工具栏，如图 8-10 所示。

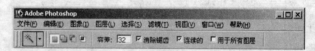

图 8-9　使用多边套索工具选取后的图像　　　　图 8-10　　"魔棒"工具栏

③ 将鼠标移到鸡蛋图像窗口中，单击鸡蛋图像中的某一点，选择后的图像如图 8-11 所示。

④ 分别将"魔棒"工具栏中的"容差"参数项改为 30、70 和 100，再分别单击鸡蛋图形中的某一点，查看选择后的图形有什么差别。

【例 8.4】使用变换命令对例 8.3 中已经选择的区域进行图像的变换操作。

操作步骤如下：

① 打开"编辑"菜单，选择"变换"→"缩放"命令，在图像中会出现带控制点的矩形框，如图 8-12 所示。

图 8-11　选取"容差"为 32 的图像　　　　图 8-12　带控制点的魔棒选区

②　用鼠标拖动矩形框的 4 个角控制点，可对图像进行整体的放大或缩小。例如，用鼠标拖动右下角的控制点。（技巧：拖动图像时，可同时按住【Shift】键，让图像按原图像比例缩放）

③　图像旋转操作。选择"编辑"菜单中的"变换"→"旋转"命令，将鼠标放到矩形框以外，拖动鼠标绕中心旋转。

④　图像斜切操作。选择"编辑"菜单中的"变换"→"斜切"命令，用鼠标拖动矩形框的 4 个角控制点，将图像沿着被拖动的控制点的边产生变形。

⑤　图像扭曲操作。选择"编辑"菜单中的"变换"→"扭曲"命令，用鼠标拖动矩形框的 4 个角控制点或边，可将图像任意变形。

⑥　选择"编辑"菜单中的"变换"→"透视"命令，用鼠标拖动矩形框的 4 个角控制点或边，可将图像外的矩形框变形为等腰梯形或平行四边形。

完成上述操作后，可观察图片变换效果。

⑦　单击选框工具按钮，弹出如图 8-13 所示的 Adobe Photoshop 提示对话框，提示用户对图片的变换操作是否应用，单击"应用"按钮，使图片变换生效。

图 8-13　提示对话框

三、上机实验

使用 Photoshop 制作文字特效：火焰山，效果如图 8-14 所示。

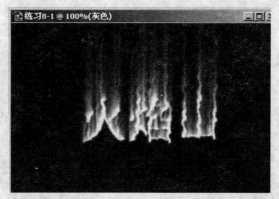

图 8-14　具有"火焰"效果的文字

提示：

①　打开 Photoshop，新建一个文档，大小为 400 像素×250 像素，颜色模式为 RGB，背景设置为黑色，输入文字"火焰山"，设置字体为"宋体"，文字的颜色设置为白色。

②　选择"图层"菜单中的"合并可见图层"命令，把背景和文字层合并，然后打开"图像"菜单，选择"旋转画布"→"90 度（顺时针）"命令，将文字旋转。

③　打开"滤镜"菜单，选择"风格化"→"风"命令，打开如图 8-15 所示的"风"对话框。设置好参数后，单击"确定"按钮。

重复步骤③三次，文字效果如图 8-16 所示。

④　打开"图像"菜单，选择"旋转画布"→"90 度（逆时针）"命令，将文字转过来。

图 8-15 "风"对话框 　　　　　　　 图 8-16 经过"风格化"后的文字

⑤ 打开"滤镜"菜单，选择"扭曲" → "波纹"命令，打开"波纹"对话框，如图 8-17 所示，设置"数量"为 100，大小项选择"中"。单击"确定"按钮，将文字设置为波纹效果。

⑥ 打开"滤镜"菜单，选择"风格化" → "扩散"命令，打开"扩散"对话框，如图 8-18 所示，设置模式为"变亮优先"。单击"确定"按钮，将文字设置为扩散效果。

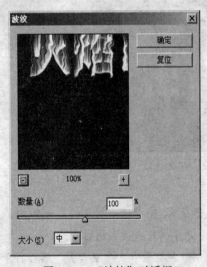

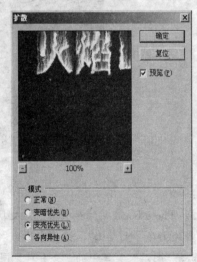

图 8-17 "波纹"对话框 　　　　　　　 图 8-18 "扩散"对话框

⑦ 打开"滤镜"菜单，选择"模糊" → "进一步模糊"命令，使文字的边沿模糊，文字效果如图 8-19 所示。

⑧ 按【Ctrl+U】组合键，打开"色相/饱和度"对话框，如图 8-20 所示。设置好色相和饱和度的参数，使文字真正具有火焰的效果。单击"确定"按钮，出现文字的最终效果。

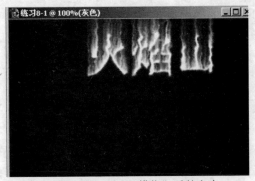

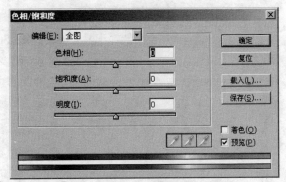

图 8-19　经过"模糊"后的文字　　　　图 8-20　"色相/饱和度"对话框

实验二　Flash 动画制作软件

一、实验目的

掌握 Flash 的初步使用方法。

二、实验内容

【例 8.5】利用 Flash 将实心文字改变为虚线边框文字。

操作步骤如下：

① 启动 Flash MX 2004，新建 Flash 文档。打开"文档属性"对话框，修改文档属性：大小为 400 像素 × 300 像素，背景为白色，如图 8-21 所示。

② 在工具箱中单击"文本"按钮，在工作区中输入文本 Welcome。在"属性"面板中，将字体设为 Arial Black、粗体，文本大小设为 72，颜色为红色，如图 8-22 所示。

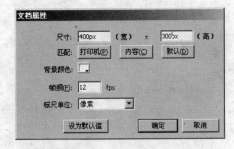

图 8-21　"文档属性"对话框

图 8-22　设定文本格式

③ 对上面的文本按两次【Ctrl+B】组合键，将其分离至普通矢量图，如图 8-23 所示。

④ 单击工具箱中的"墨水瓶工具"按钮，在"属性"面板中修改线条为橙色，宽度为 4 个像素，修改边框样式为虚线。然后单击"自定义"按钮，打开"笔触样式"对话框，在该对话框中设定点距为 3，如图 8-24 所示。

图 8-23　文本

图 8-24　"墨水瓶"属性面板

⑤ 依次给所有的文本加上蓝色的虚线边框，如图 8-25 所示。

⑥ 单击工具箱中的"选择工具"按钮。按【Shift】键，单击文本各部分的红色文本，按【Del】键，将其删除。这样就只剩下点线文本了，如图 8-26 所示。

图 8-25　加上蓝色边框的文本

图 8-26　最终的文本效果

【例 8.6】制作一个倒计时动画。

1. 绘制背景图

操作步骤如下：

① 启动 Flash MX 2004，新建 Flash 文档。打开"文档属性"对话框，修改文档属性：大小为 200 像素×200 像素，背景为白色，帧频为 1 帧/秒。

② 打开"视图"菜单，依次选择"标尺"→"网格"→"显示网格"命令，打开网格和标尺。将光标分别放在水平和竖直标尺顶部的合适位置，画一个绿色的十字辅助线，以便用户进行圆心的定位，如图 8-27 所示。

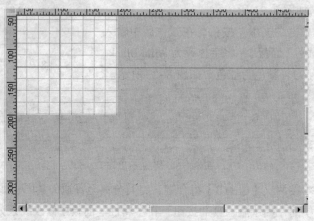

图 8-27　画辅助线

③ 单击"椭圆工具"按钮，在"属性"面板中设定笔触颜色为灰色 RGB(#666666)，填充颜色为浅灰色(#CCCCCC)，边框粗细为 2 像素。然后将光标移到辅助线交叉点上，当光标颜色变成紫红色时，表示已经对齐。同时按住【Shift】键和【Alt】键，拖动鼠标，绘制出一个大圆圈。

④ 依次用不同的填充颜色绘制出另外两个同心圆。

⑤ 单击"线条工具"按钮，在"属性"面板中修改笔触颜色为黑色，沿辅助线绘制出两条垂直的直线。

⑥ 按【Ctrl+A】组合键，选择所有对象。选择"修改"→"组合"命令，组合一个整体，取消舞台上的网格与标尺，最后效果如图 8-28 所示。

⑦ 双击"时间轴"上的图层 1，将其重新命名为"背景"，如图 8-29 所示。

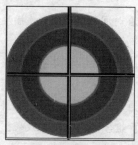

图 8-28　背景图

图 8-29　命名图层

三、上机实验

1. 利用 Flash 制作数字塔（见图 8-30）

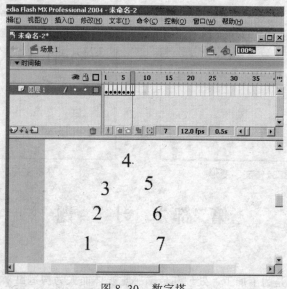

图 8-30　数字塔

提示：

① 启动 Flash，新建一个影片。

② 使用文本工具在舞台上输入数字"1"，在出现的字体属性面板中设置好合适的字型、大小。

③ 选择"插入"→"时间轴"→"关键帧"命令，在时间轴中插入关键帧，即时间轴上显示第 2 帧；然后使用文本工具在舞台上输入数字"2"。通过工具箱的选择工具将数字"2"移动到合适的位置。

④ 在第 3 帧插入关键帧，输入数字"3"。后面的各帧制作方法和前面所叙述的完全一致。最后按【Ctrl+Enter】组合键测试动画效果。

2. 利用 Flash 制作文字变形（见图 8-31）

提示：

① 打开 Falsh，新建一个影片。

② 使用工具箱中的文本工具输入 Flash MX 2004，字体设置为"宋体"，字号为 65 磅，如图
8-32 所示。

③ 选择"插入"→"时间轴"→"关键帧"命令，在时间轴的第 45 帧插入关键帧，并使用
工具箱中的文本工具输入"矢量图形动画软件"。

④ 在第 1 帧，选择"修改"→"分离"命令，一共使用两次，将文字分解成图形，同理，在
第 45 帧也将文字分解成图形。

⑤ 选择第 1 帧，在"属性"面板中将"补间"设置为"形状"，这样在第 1 帧到第 45 帧之间
就会变成绿色，并且出现一个箭头，最后按【Ctrl+Enter】组合键测试动画效果。

图 8-31　文字变形

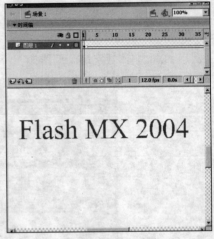

图 8-32　输入文字

第二部分　习　　题

一、选择题

1. 媒体中的（　　）是为了加工、处理和传输感觉媒体而人为构造出来的一种媒体，如文字、
   音频、图像和视频等的数字化编码表示等。
   A. 感觉媒体　　　　　　　B. 表示媒体　　　　　　C. 显示媒体　　　　　　D. 存储媒体

2. 多媒体技术的主要特性有（　　）。
   （1）多样性　　　　　　　（2）集成性　　　　　　（3）交互性　　　　　　（4）实时性
   A. 仅（1）　　　　　　　B.（1）+（2）　　　　C.（1）+（2）+（3）　　D. 全部

3. 多媒体计算机系统的两大组成部分是（　　）。
   A. 多媒体器件和多媒体主机
   B. 音箱和声卡
   C. 多媒体输入设备和多媒体输出设备
   D. 多媒体计算机硬件系统和多媒体计算机软件系统

4. JPEG 是（　　）图像压缩编码标准。
   A. 静态　　　　　　　　　B. 动态　　　　　　　　C. 点阵　　　　　　　　D. 矢量

5. MPEG 是数字存储（　　　）图像压缩编码和伴音编码标准。

　　A. 静态　　　　　　　　B. 动态　　　　　　　　C. 点阵　　　　　　　　D. 矢量

6. 多媒体信息具有（　　　）的特点。

　　A. 数据量大和数据类型多　　　　　　　　　　B. 数据量大和数据类型少

　　C. 数据量大、数据类型多、输入和输出不复杂　　D. 数据量大、数据类型多、输入和输出复杂

7. 扩展名是.wav 的文件是（　　　）文件。

　　A. 视频文件　　　　　　B. 矢量图形文件　　　　C. 动画文件　　　　　　D. 波形文件

8. 以下是矢量动画相对于位图动画的优势，除了（　　　）。

　　A. 文件大小要小很多　　　　　　　　　　B. 放大后不失真

　　C. 更加适合表现丰富的现实世界　　　　　D. 可以在网上边下载边播放

9. MIDI 是音乐设备数字接口的缩写，（　　　）。

　　A. 一系列指令　　　　　　　　　　　　B. 声音的模拟信息

　　C. 声音的采样信息　　　　　　　　　　D. 声音的数字化信息

10. 数字音频采样和量化过程所用的主要硬件是（　　　）。

　　A. 数字编码器　　　　　　　　　　　　B. 数字解码器

　　C. 模拟到数字的转换器（A/D 转换器）　　D. 数字到模拟的转换器（D/A 转换器）

11. 将位图与矢量图进行比较，可以看出（　　　）

　　A. 对于复杂图形，位图比矢量图对象更快　　B. 对于复杂图形，位图比矢量图对象更慢

　　C. 位图与矢量图占用空间相同　　　　　　　D. 位图比矢量图占用空间更少

12. 音频卡是按（　　　）分类的。

　　A. 采样频率　　　　　　B. 声道数　　　　　　　C. 采样量化位数　　　　D. 压缩方式

13. 与位图描述图像相比，矢量图像（　　　）。

　　A. 善于勾勒几何图形　　　　　　　　　　B. 不同物体在屏幕上不可重叠

　　C. 容易失真　　　　　　　　　　　　　　D. 占用空间更大

14. 位图图像是用（　　　）来描述图像的。

　　A. 像素　　　　　　　　B. 点和线　　　　　　　C. 像素、点和线　　　　D. 直线和曲线

15. 关于图层，下面的说法不正确的是（　　　）。

　　A. 各个图层上的图像互不影响

　　B. 上面图层的图像将覆盖下面图层的图像

　　C. 如果要修改某个图层，必须将某个图层隐藏起来

　　D. 经常将不变的背景作为一个图层，并放在最下面

16. Flash 的元件包括图形、按钮和（　　　）。

　　A. 图层　　　　　　　　B. 时间轴　　　　　　　C. 场景　　　　　　　　D. 影片剪辑

17. 在 Flash 中有文本、元件、形状、位图和组几种状态，可以使用基本绘图工具和颜色工具直接编辑的是（　　　）。

　　A. 元件　　　　　　　　B. 形状　　　　　　　　C. 位图　　　　　　　　D. 组

18. RM 和 MP3 是因特网上流行的（　　　）。

　　A. 视频　　　　　　　　B. 音频　　　　　　　　C. 图像　　　　　　　　D. 动画

19. 一般认为，多媒体技术研究的兴起是从（　　　）开始的。

    A. 1972 年，Philips 展示播放电视节目的激光视盘

    B. 1984 年，美国 Apple 公司推出 Macintosh 系列机

    C. 1986 年，Philips 和 Sony 公司宣布发明了交互式光盘系统 CD-I

    D. 1987 年，美国 RCA 公司展示了交互式数字影像系统 DVI

20. 多媒体技术未来发展的方向是（　　　）。

    （1）高分辨率，提高显示质量　　　　　（2）高速度化，缩短处理时间

    （3）简单化，便于操作　　　　　　　　（4）智能化，提高信息识别能力

    A.（1）+（2）+（3）　　　　　　　　B.（1）+（2）+（4）

    C.（1）+（3）+（4）　　　　　　　　D. 全部

二、填空题

1. 在计算机领域，媒体元素一般分为感觉媒体、表示媒体、表现媒体、_____ 和传输媒体这 5 种类型。

2. 根据计算机动画的表现方式，通常可以分为二维动画和 _____ 两种形式。不同种类其显现的特点也不尽相同。

3. Flash 采用 _____ 的方式设计和安排每一个对象的出场顺序和表现方式。

4. 在多媒体中静态的图像在计算机中可以分为矢量图和 _____。

5. 多媒体系统是指利用计算机技术和 _____ 技术来处理和控制多媒体信息的系统。

6. 多媒体技术具有多样性、集成性、_____ 和实时性等主要特性。

7. Flash 动画中的帧主要分为关键帧和普通帧。_____ 表现了运动过程的关键信息，它们建立了对象的主要形态。

8. Photoshop 中的 _____ 专门用于对图像进行各种特殊效果的处理，利用它可以快速方便地实现图像的纹理、像素化、扭曲等特效处理。

9. 现实世界中的音频信息是典型的时间连续、幅度连续的 _____，而在信息世界则是数字信号。

10. 多媒体的关键技术主要集中在数据压缩/解压缩技术、多媒体专用芯片技术、大容量的多媒体存储设备、多媒体系统软件技术、多媒体通信技术以及虚拟现实技术。其中使用最为广泛的是 _____。

第 9 章

程 序 设 计

第一部分　上 机 指 导

实验一　面向过程程序设计

一、实验目的

① 通过运行简单的 C 语言程序，初步了解结构化程序设计的特点。

② 熟悉顺序结构程序设计。

③ 熟悉关系、逻辑及条件表达式。

④ 熟悉选择结构程序设计和循环结构程序设计。

二、知识要点

Turbo C 开发环境是一个集程序编辑、编译、连接、调试为一体的 C 语言程序集成开发软件，它具有速度快、效率高、功能强、使用灵活等优点，是编写 C 语言程序的最佳工具，主菜单窗口如图 9-1 所示。

图 9-1　Turbo C 2.0 主菜单窗口

Turbo C 2.0 窗口的主菜单栏提供了 8 个功能菜单供选择，它们分别是：

● File：处理文件（包括装入、存盘、选择、建立、更改文件名后存盘），目录操作（包括列表、改变工作目录）、退出系统及调用 DOS。

- Edit：建立、编辑源文件。
- Run：控制运行程序。
- Compile：编译并生成目标程序与可执行文件。
- Project：允许说明程序中包含哪些文件的管理条目。
- Option：可以选择集成环境任选项（如存储模式、编译时的任选项、诊断及连接选项）及宏定义也可以记录 Include、Output 及 Library 文件目录，保存编译任选项和从配置文件中加载任选项。
- Debug：检查、改变变量的值，查找函数，程序运行时查看调用栈。选择程序编译时是否在执行行代码中插入调试信息。
- Break/watch：增加、删除、编辑监视表达式及设置断点、清除断点、执行至断点。

在对 C 语言程序进行编辑之前，需要对 Turbo C 的工作环境进行设置。其设置操作均在 Options 菜单的子菜单中进行。

三、实验示例

1. 关系表达式、逻辑表达式及条件表达式应用

【例 9.1】演示一个简单的关系表达式。

```c
#include "stdio.h"
void main()
{
    int a,b,c;
    a=3;b=4;c=5;
    printf("%d",a>b+c);
    printf("%d,%d\n",a-b<c*c,a>b>c);
}
```

运行结果为：0, 1, 0

【例 9.2】演示一个简单的逻辑表达式。

```c
#include "stdio.h"
void main()
{int a,b,c;
    a=1;b=1;c=0;
    printf("%d,%d,%d\n",a&b,a||c,b&&c);
    printf("%d,%d,%d\n",!a,b||c,!a&&b||c);
}
```

运行结果为：1, 1, 0
　　　　　　0, 1, 0

【例 9.3】演示一个简单的条件表达式。

```c
#include "stdio.h"
void main()
{
    int a,b,c;
    scanf("%d%d",&a,&b);
    c=(a>b)?a:b;
    printf("最大值为%d\n",c);
}
```

注意：条件表达式的结合性是从右到左。如果表达式 1 成立，则只计算表达式 2，不计算表达式 3；否则只计算表达式 3，不计算表达式 2。

2．顺序结构程序设计

【例 9.4】根据给定圆柱的半径和高求圆周长、圆面积、圆球表面积、圆球体积和圆柱体积。

```c
#include "stdio.h"
void main()
{
    float r,h,l,s,bs,qv,zv;
    printf("n\r="); scanf("%f",&r);
    printf("\n\h=");scanf("%f",&h);
    l=2*3.1416*r;
    s=3.1416*r*r;
    bs=4*3.1416*r*r;
    qv=4*3.1416*r*r*r/2;
    zv=s*h;
    printf("圆周长=%8.2f\n",l);
    printf("圆面积=%8.2f\n",s);
    printf("圆球表面积=%8.2f\n",bs);
    printf("圆球体积=%8.2f\n",qv);
    printf("圆柱体积=%8.2f\n",zv);
}
```

运行时显示：r=

输入：1.5

再显示：h=

输入：3

最后结果为：

圆周长=9.42

圆面积=7.07

圆球表面积=28.27

圆球体积=14.14

圆柱体积=21.21

【例 9.5】由键盘输入学生的三门课成绩分别存入变量 english、math、program，计算并输出总成绩 sum、平均成绩 average。

```c
#include "stdio.h"
void main()
{
    int english,math,program,sum;
    double average;
    scanf("%d,%d,%d",&english,&math,&program);
    sum=english+math+program;
    average=sum/3.0;
    printf("总成绩=%d\t",sum);
    printf("平均成绩=%5.1f\n",average);
}
```

运行时输入：67，78，79

回车后显示：总成绩=224　　　平均成绩=74.7

3．选择结构程序设计

【例 9.6】switch 语句示例。

```c
#include "stdio.h"
void main()
{
    float x,y;
    int a;
    double b;
    scanf("%f%f%d",&x,&y,&a);
    switch(a)

    {
    case 1:b=x+y;break;
    case 2:b=x-y;break;
    case 3:b=x*y;break;
    case 4:b=x/y;break;
    }
    printf("%f\n",b);
}
```

运行此程序时，输入不同数据，可以得到不同的结果。

若输入 3 5 4，可以得到 0.600000。

【例 9.7】已知三角形三条边的边长求面积。条
件结构程序流程图如图 9-2 所示。

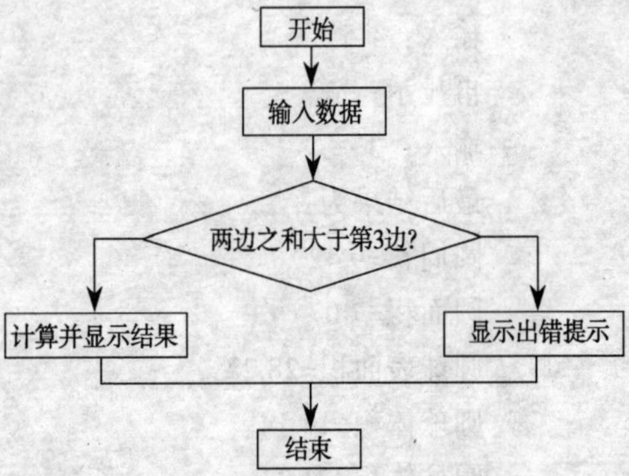

```c
#include "stdio.h"
#include<math.h>
void main()
{
    int a,b,c;
    double s,area;
    scanf("%d%d%d",&a,&b,&c);
    if (a+b>c&&a+c>b&&b+c>a)
    {
        s=(a+b+c)/2.0;
        area=sqrt(s*(s-a)*(s-b)*(s-c));
        printf("area=%6.2f\n",area);
    }
    else
    printf("输入数据错");
}
```

图 9-2　条件结构流程图

运行时输入：3 4 5

输出：area=6.00

运行时输入：1 2 3

输出：输入数据错

4. 循环结构程序设计

【例 9.8】求两个数的最大公约数和最小公倍数。

算法描述：

用大数整除小数，得到余数 1；

再用小数整除余数 1，得到余数 2；

再用余数 1 整除余数 2，……

直到余数为 0，该除数就是最大公约数。

两数相乘再除以最大公约数。

例如：计算 306 和 201 的最大公约数。

```c
#include "stdio.h"
void main()
{
    int a,b,c,n1,n2;
    printf("input two number:");
    scanf("%d,%d,",&n1,&n2);
    if(n1<n2)
    {c=n1;n1=n2;n2=c;}
        a=n1;b=n2;
        while(b!=0)
    {c=a%b;a=b;b=c;}
        printf("最大公约数为%d\n",a);
        printf("最小公倍数为%d\n",n1*n2/a);
}
```

四、上机实验

① 下面的程序要求：用户从键盘上输入一个年份，然后由程序判定是否为润年，仔细分析程序，然后上机调试，并写出运行结果。

```c
/*This program determines if a year is a leap year*/
#include "stdio.h"
void main()
{
    int year,r4,r100,r400;
    printf("Enter the year to be texted.\n");
    scanf("%d",&year);
    r4=year%4;
    r100=year%100;
    r400=year%400;
    if(r4==0&&r100!=0||r400==0)
    printf("%d is a leap year.\n",year);
    else
    printf("no,%d is not a leap year.\n",year);
}
```

② 上机验证运行结果，并分析运行结果。

```c
#include "stdio.h"
void main()
{
    int i;
    scanf("%d",&i);
    switch(i)
    {
        case 1:
        case 2:putchar('i');
        case 3:printf("%d\n",i);break;
        default:printf("ok!\n");
    }
}
```

分别输入 1、2、3、4、8 运行调试。

③ 阅读下列程序，预测其输出结果，并上机运行该程序。

```c
#define A 100
#include "stdio.h"
void main()
{
    int i=0,sum=0;
    do
    {
        if(i==(i/5)*5)
        continue;
        sum+=i;
        printf("%d+",i);
    }while(++i<A);
    printf("\b=%d\n",sum);
}
```

实验二　面向对象程序设计

一、实验目的

① 了解可视化面向对象程序设计的一般过程。

② 熟悉 Visual Basic 的集成开发环境。

③ 掌握建立、编辑和运行 Visual Basic 应用程序的一般过程。

④ 了解常用控件（文本框、选项卡、命令按钮）的应用。

二、实验示例

【例 9.9】用 Visual Basic 建立一个简单的演示程序。

程序要求：当用户单击"显示"按钮时，在文本框中显示"欢迎学习 Visual Basic 6.0!"；当用户单击"清除"按钮时，会清除文本框中的内容；单击"退出"按钮时，则结束程序。程序运行界面如图 9-3 所示。

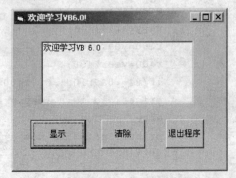

图 9-3　程序运行界面

根据题目要求，建立程序的设计过程如下：

首先，进入 Visual Basic 应用程序开发界面。

在计算机中安装了 Visual Basic 6.0 后，在"开始"菜单的"程序"列表中选择相应的菜单项 Microsoft Visual Basic 6.0，打开如图 9-4 所示的界面，单击"标准 EXE"选项，然后按照下列步骤依次完成设计。

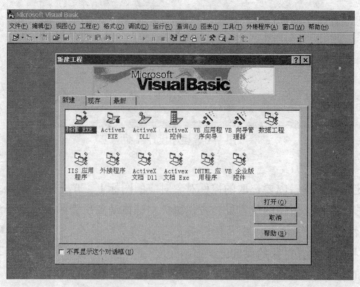

图 9-4　Visual Basic 应用程序

（1）设计用户界面

利用控件工具箱上（见图 9-5）的文本框 Text、命令按钮 CommandButton 等控件类图标，在窗体 Form1 的适当位置上建立控件对象。设计界面如图 9-6 所示。

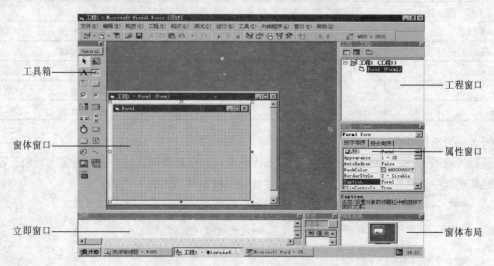

图 9-5　Visual Basic 应用程序集成开发环境

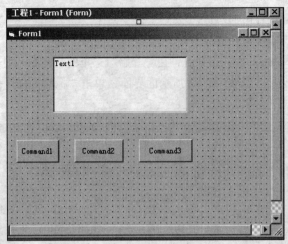

图 9-6　程序设计界面

建立控件对象的步骤为：

① 将鼠标定位在工具箱内要选取的控件对象对应的图标上，单击进行选择。

② 将鼠标移到窗体上所需的位置处，按住鼠标左键拖动到所需的大小后释放鼠标。

（2）对象属性设置

可以通过两种方法设置对象的属性：

① 在设计阶段利用"属性"窗口（见图 9-5）直接设置对象的属性。

② 在程序代码中通过赋值语句来实现，其格式为：对象.属性 = 属性值。

例如，Command1.Caption="手动"。

本例的对象相关属性设置如表 9-1 所示。

表 9-1　属性设置

控 件 名	属 性 名	属 性 值	说 明
Command1	Caption	显示	按钮的标题
Command2	Caption	清除	按钮的标题
Command3	Caption	退出	按钮的标题
Text1	Text	欢迎使用 Visual Basic 6.0	文本内容
Form1	Caption	欢迎使用 Visual Basic 6.0	窗体的标题

（3）编写对象事件过程

选择"视图"→"代码窗口"命令，打开代码窗口，在对象列表框中选择所需的对象，在事件下拉列表框中选择作用于对象上的事件，在代码编辑窗口输入如下代码：

```
Sub Command1_Click()
    Text1.text="欢迎学习 Visual Basic 6.0"
End Sub '当单击"单击"控件时，将显示"欢迎使用 Visual Basic 6.0"

Sub Command2_Click()
    Text1.Text=" "
End Sub '单击"清屏"控件时，将空格送到文本框，即清屏
Sub Command3_Click()
    End
End Sub '功能：结束程序
```

（4）保存程序

在运行程序前，必须先保存，可以避免由于程序不正确造成死机时程序的丢失。程序运行结束后还要将经过修改的有关文件保存到磁盘上。

在 Visual Basic 6.0 中，一个应用程序是以工程文件的形式保存在磁盘上的，一个工程涉及到多种文件类型，例如窗体文件、标准模块文件等。在本例中，仅涉及到一个窗体，因此，只保存一个窗体文件 sy1.frm 和工程文件 sy1.vbp。

选择"文件"→"Form1 另存为"（窗体文件）命令，在弹出的对话框中输入窗体文件名 sy1，扩展名为.frm。选择"文件"→"工程另存为"（工程文件）命令，在弹出的对话框中输入工程文件名 sy1，扩展名为.vbp，如图 9-7 所示。

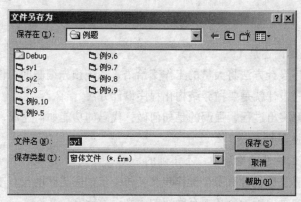

图 9-7　"文件另存为"对话框

（5）运行程序

根据 Visual Basic 事件驱动的特点，当用户激发事件时，系统就会响应该事件，执行相应的事件代码。若在程序运行过程中出错，系统会显示出错信息，系统自动进入"中断"运行模式，回到代码窗口提示用户进行代码的修改。

选择"运行"→"启动"命令（或按【F5】键），如图 9-8 所示。

图 9-8　常用工具栏上的控制程序按钮

三、上机作业

① 掌握计数器和累加器的使用，用 Visual Basic 设计，求 sum=2+4+6+…+100。

在代码窗口输入如图 9-9 所示的代码。启动程序运行后，观察运行结果。

② 掌握选择判断结构的使用，用 Visual Basic 设计，输入年份，判断是否为闰年。

在代码窗口中输入如下代码。启动程序运行后，观察运行结果。

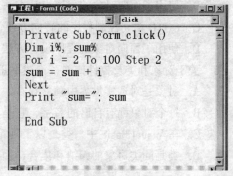

```
Private Sub Form_click()
Dim i%, sum%
For i = 2 To 100 Step 2
sum = sum + i
Next
Print "sum="; sum

End Sub
```

图 9-9　累加器代码窗口

```
Private Sub Form_click()
    Dim year%
    year = InputBox("请输入年份: ")
    If (year Mod 4 = 0 And year Mod 100 <> 0) Or (year Mod 400 = 0) Then
        Print Str(year) + " 是闰年!"
    Else
        Print Str(year) + " 不是闰年!"
    End If
End Sub
```

第二部分　习　　题

一、选择题

1. 关于程序设计的正确论述是（　　　）。

   A. 面向对象的程序设计方法将大量的工作交给语言系统预先编制的控件对象来完成

   B. 面向对象的程序设计就是要抛弃结构化程序设计方法

   C. 面向对象的分解突出过程，强调的是如何做，代码的功能如何完成

   D. 结构化的分解强调的是做什么

2. 关于算法应当具有的特性的论述中，不正确的是（　　　）。

   A. 有穷性：一个算法应包含有限个操作步骤，每一步的完成时间没有限制

   B. 确定性：算法中每一条指令必须有确切的含义，不能有二义性

   C. 可行性：算法中指定的操作都可通过已经实现的基本运算执行有限次后实现

   D. 有若干个输入/输出

3. 结构化程序设计的三种基本结构是（　　　）。

   A. 选择结构、过程结构、顺序结构　　　　B. 选择结构、循环结构、顺序结构

   C. 递归结构、循环结构、选择结构　　　　D. 选择结构、递归结构、输入输出结构

4. 下列论述中，不属于"结构化程序设计思想要点"的是（　　　）。

   A. 自顶向下，逐步求精　　　　　　　　　B. 在程序设计中必须讲究编程技巧

   C. 模块化设计　　　　　　　　　　　　　D. 结构化编码

5. 下面叙述正确的是（　　　）。

   A. 由于机器语言执行速度快，因此现在人们还是喜欢用机器语言编写程序

   B. 使用了面向对象的程序设计方法就可以扔掉结构化程序设计方法

   C. GOTO 语句控制程序的转向方便，所以现在人们在编程时喜欢使用 GOTO 语句

   D. 使用了面向对象的程序设计方法，在具体编写代码时仍需要使用结构化编程技术

6. 关于对象和类及控件的关系论述不正确的是（　　　）。

   A. 对象是对现实世界中独立存在、便于识别的实体或各种概念的抽象表示

   B. 每个对象都有自己的名字，它是在程序运行时显示该对象的唯一标志

   C. 在 Visual Basic 中，类是以工具箱上的标准控件的形式给出的，是创建具体对象的模板

   D. 类是同类对象的归纳和集合，而对象则是类的一个实例

7. 计算机的指令集合称为（　　　）。

    A. 机器语言　　　　　　B. 高级语言　　　　　　C. 程序　　　　　　D. 软件

8. 用高级语言编写的程序为（　　　）。

    A. 源程序　　　　　　B. 编译程序　　　　　　C. 可执行程序　　　　　　D. 编辑程序

9. 对于汇编语言的评述中，（　　　）是不正确的。

    A. 汇编语言采用一定的助记符来代替机器语言中的指令和数据，又称为符号语言

    B. 汇编语言运行速度快，适用于编写实时控制应用程序

    C. 汇编语言有解释型和编译型两种

    D. 机器语言、汇编语言和高级语言是计算机语言发展的 3 个阶段

10. 计算机能直接执行的程序是（　　　）。

    A. 源程序　　　　　　B. 机器语言程序　　　　　C. 高级语言程序　　　　D. 汇编语言程序

11. 下面的（　　　）语言是解释型语言。

    A. Fortran　　　　　　B. C　　　　　　C. Pascal　　　　　　D. BASIC

12. 现代程序设计的主要目标是（　　　）。

    A. 程序占用的空间尽量小　　　　　　B. 程序运行速度快

    C. 结构清晰，可读性强　　　　　　D. A 和 B

13. （　　　）属于面向对象的程序设计语言。

    A. COBOL　　　　　　B. Fortran　　　　　　C. Pascal　　　　　　D. C++

14. 以下（　　　）叙述有错误。

    A. JavaScript 是脚本语言，将脚本代码嵌入 HTML 代码中，可扩展网页应用能力

    B. Java Applet 被嵌入到 Web 页面中，用来产生动态、交互性页面效果的小程序，所以也是脚本语言

    C. JavaScript 嵌入到 Web 页面中的是源代码，所以在 IE 窗口可以查看到源代码

    D. Java Applet 被嵌入到 Web 页面中的是字节代码，因此在 IE 窗口查看不到源代码

15. 算法流程图的菱形框代表（　　　）。

    A. 运算　　　　　　B. 判断　　　　　　C. 程序开始　　　　　　D. 程序结束

二、填空题

1. 算法的两大要素是＿＿＿＿和＿＿＿＿。

2. 算法有两大类，分别为：＿＿＿＿和＿＿＿＿。

3. 评价算法的两个标准是＿＿＿＿、＿＿＿＿。

4. 描述算法的 3 种常用的方法是＿＿＿＿、＿＿＿＿、＿＿＿＿。

5. 主要用于科学计算的语言是＿＿＿＿；主要用于数据处理的语言是＿＿＿＿。

6. 结构化编程，在编写代码时，强调采用单入口单出口的＿＿＿＿三种基本控制结构；在进行软件设计时，提倡遵守＿＿＿＿的原则。

7. Visual Basic 是一种＿＿＿＿的程序设计语言；采用了＿＿＿＿编程机制。

8. 基于对象的程序设计与面向对象的程序设计的主要区别是＿＿＿＿。

9. 对象有它的特性，称为对象的＿＿＿＿；对象还具有行为，称为对象的＿＿＿＿。

10. 类是创建对象实例的_____；对象是类的一个_____。

11. 表示类之间的相似性的机制称为_____，它可提高软件复用、降低编码和维护的工作量。

12. 将数据（属性）和操作数据的过程（方法）衔接起来，构成一个具有类类型的对象的描述称为_____。

13. 程序设计语言可分成_____、_____和_____三大类。

14. 高级语言是一类面向算法且_____计算机硬件的程序设计语言。

15. 执行选择结构语句使计算机具有_____能力。

参 考 文 献

[1] 吴昊. 大学计算机基础[M]. 南昌：江西高校出版社，2006.

[2] 熊李艳. 大学计算机基础实验教程[M]. 南昌：江西高校出版社，2006.

[3] 余文芳. 计算机应用基础[M]. 北京：人民邮电出版社，2004.

[4] 杨振山. 计算机文化基础（第三版）[M]. 北京：高等教育出版社，2003.

[5] 杨小平. 大学计算机应用基础与实训[M]. 北京：冶金工业出版社，2005.

[6] 刘福来. 大学计算机基础[M]. 北京：中国科学技术出版社，2007.

[7] 卢湘鸿. 计算机应用教程[M]. 北京：清华大学出版社，2001.